Janet Tashjian

Mein Leben als Superagent

Janet Tashjian

Mein Leben als Superagent

Aus dem amerikanischen Englisch
von Yvonne Hergane

mit Cartoons von
Jake Tashjian

Boje

Boje Verlag in der Bastei Lübbe GmbH & Co. KG

Die englischsprachige Originalausgabe erschien 2010 unter dem Titel »My Life as a Book« bei Henry Holt and Company, LLC, New York.

Aus dem amerikanischen Englisch von Yvonne Hergane
Textredaktion: Barbara Müller, Grasbrunn
Umschlaggestaltung: Kirstin Osenau
Cartoons: Jake Tashjian
Satz: Siebel Druck & Grafik, Lindlar
Gesetzt aus der: Comic Sans
Druck und Einband: GGP Media GmbH, Pößneck

Printed in Germany
ISBN 978-3-414- 82323-6

5 4 3 2 1

Sie finden uns im Internet unter: www.boje-verlag.de

Für Bill Watterson

Hilfe!

»ICH WILL DAS BUCH ABER NICHT LESEN!«

Seit meine Lehrerin gesagt hat, ich sei ein »Ungern-Leser«, muss ich quasi jede Minute meines Lebens damit verbringen, die neuen Pläne meiner Mutter zum »sinnvollen Umgang« mit meiner Zeit abzuwehren. Für mich klingt das nämlich mehr nach »sinnloser Vergeudung« meiner Zeit.

Ungern-Leser

»Die Frau in der Bücherei hat gesagt, das Buch würde dir bestimmt gefallen.« Mom hechtet mit den Füßen voran über einen vollen Wäschesack hinweg,

Hechtsprung mit den Füßen voran

aber ich bin schneller und springe durch mein Zimmerfenster aufs Garagendach hinaus. »Ein Schokokeks pro Seite!«, ruft sie mir hinterher.

»Das war mal. Inzwischen ist der Preis gestiegen.« Als meine Mutter mir nach draußen nachklettert, schwinge ich mich durch das offen stehende Dachfenster ins Haus. Wenige Minuten später höre ich sie am Fuß der Treppe, die zum Dachboden führt.

»Okay, zwei Schokokekse pro Seite, aber höher gehe ich nicht, Derek.«

durchwühlen

Während meine Mutter mich noch mit Keksen vom Dachboden herunterzubestechen versucht, wühle ich ein paar Pappkartons auf der Suche nach einem Stock durch, den ich als Waffe nehmen kann, um mir den Weg nach draußen freizuschießen. Stattdessen finde ich einen Stapel Briefe, die mein Vater meiner Mutter geschrieben hat, als sie sich gerade kennengelernt hatten – bäh! –, und ein paar alte Zeitungen. Ich schlage eine auf, und eine Schlagzeile springt mir entgegen: *Einheimisches Mädchen tot am Strand aufgefunden.* Die Zeitung stammt von Martha's Vineyard in Massachussetts und ist zehn Jahre alt (was ich mit dem Finger im Staub ausrechne).

Ich mache die Dachbodenluke auf und hänge mich mit dem Kopf nach unten raus. Die Füße über die Kante eingehakt, schaue ich Mom kopfüber an, wie Peter Parker und Mary Jane im ersten Spiderman-Film, nur dass meine Mutter und ich uns nicht küssen – LOGISCHERWEISE. Ich frage Mom nach dem toten siebzehnjährigen Mädchen von einer Insel, auf der wir noch nie waren, aber sie hat keine Ahnung, wovon ich rede. Also schmeiße ich ihr die Zeitung vor die Füße. Sie

logisch

hebt sie auf und ihr Gesichtsausdruck schlägt um.

»Das hat nichts mit dir zu tun«, sagt sie.

»Ach nee«, sage ich. »Aber was macht dann die Zeitung bei uns auf dem Dachboden?«

Mom zerrt mich am Jeansbund runter und fängt mich auf, bevor ich auf den Boden knalle.

»Du sollst dir keine Geschichten ausdenken, sondern eine lesen.« Sie stopft sich die Zeitung in die Gesäßtasche und drückt mir das Buch aus der Bücherei in die Hand.

Die Wahrheit ist: Ich bin gar kein Ungern-Leser, ich lese gern. Wenn man mich mit Calvin, Hobbes, Garfield, Bucky und Satchel zusammen in Ruhe lassen würde, könnte ich den ganzen Tag lesen. Aber wieso muss man ein Kind zu einer so persönlichen Sache wie Lesen zwingen? Meine Lehrerin, meine Mutter und die Lese-Tutorin - eine nette Frau namens SATAN! - haben sich dieses Jahr ein neues Leseprogramm für mich ausgedacht. Ich soll eine Liste mit allen Wörtern führen, die ich nicht kenne. Weil ich gerne zeichne - mein Vater ist von Beruf Illustrator -, habe ich ihre Idee in etwas Eigenes verwandelt. Statt die Wörter aufzuschreiben, zeichne ich sie. Alles besser als Lesen.

Wortschatzliste

Meine Eltern bestehen darauf, dass ich dieses Programm Tag und Nacht durchziehe. Deswegen stelle ich mir manchmal vor, ich wäre ein Spion, der von Super-Bösewichten gefoltert und mit der Drohung zum »aktiven Lesen« gezwungen wird, sonst als ausländischer Attentäter umgelegt zu werden. Aber wenn die meinen, ich verbringe den ganzen Sommer mit diesem Wör-

Attentäter

terzeug, dann haben sie sich SO WAS VON GEIRRT.

Abenteuer

Wenn mein Leben ein Buch wäre, dann würde ich meine eigenen coolen Abenteuer erleben, statt von denen anderer Leute zu lesen. Wäre ich die Hauptfigur in einer spannenden Geschichte und nicht ein normaler Junge, der den ganzen Tag nur rumsitzen und LESEN muss, würde ich den Sommer damit verbringen, rauszufinden, was es mit dem toten Mädchen aus der Zeitung auf sich hat.

Klassenzimmer-Qualen

Am nächsten Morgen macht Ms Williams da weiter, wo meine Mutter aufgehört hat. Sie verteilt die Leseliste für die Sommerferien, wobei sie total dement grinst und so tut, als würde sie Bonbons verteilen. Ich tue so, als würde ich mir den Schädel am Pult zerschmettern.

dement

Ms Williams ignoriert mich. »Jeder von euch muss drei der Bücher auf der Liste lesen und über eins davon einen Aufsatz schreiben. Inzwischen ist der Verteilungsplan für das nächste Schuljahr fertig, und ich freue mich, euch mitteilen zu können, dass ich euch im September wieder als eure Lehrerin begrüßen darf.«

gezückte Waffe

Ich will ja nicht stänkern, aber das ist genau so, als wäre ein Außerirdischer im Klassenzimmer gelandet und würde mit gezückter Waffe auf uns losgehen. Jemand muss diesem Wahnsinn doch mal ein Ende machen!

»Heißt das, Sie sind nächstes Jahr auch wieder unsere Lehrerin und wir müssen den Aufsatz zum Buch am ersten Schultag fertig haben?«, frage ich. »Dann ist das ja eine Hausaufgabe in Lesen und Schreiben! Und das über die Ferien! Das krieg ich in meinem Zeitplan niemals unter!«

Mein Freund Matt findet das lustig, aber ich weiß, dass ich nicht auf seine Unterstützung zählen kann, er guckt sich die Show lieber von außen an.

Die Stimme meiner Lehrerin klingt

genauso matt wie die meiner Mutter. »Na dann erzähl uns mal, was so alles auf deinem Zeitplan für die Sommerferien steht. Ich bin gespannt.«

matt

»Aber genau das ist doch das Problem«, sage ich. »Man kann nicht planen, dass man den UPS-Laster mit Wasserbomben bewirft oder Würmer ausbuddelt und sie in Mr Parkers Briefschlitz steckt oder die Playmobilmännchen in Farbe tunkt und dann mit einem Freund rausgeht und sich die Dinger mit einem Lacrosse-Schläger so lange hin und her schmeißt, bis man von oben bis unten bekleckert ist. Sommerferien sind wie ein Sonntag im Schlafanzug – wenn man sie im Voraus verplant, geht's nach hinten los.«

bewerfen

Matt reckt die Faust in die Luft, als wäre er derjenige, der Ms Williams die Stirn bietet. Unsere Lehrerin legt die Lektüreliste vor mir auf mein Pult.

»Tja, ich fürchte, du wirst trotzdem drei dieser Bücher irgendwo zwischen deine vielen spaßigen Aktivitäten einschieben müssen.«

gekidnappt

Ich mag Ms Williams, aber wenn sie von durchgeknallten Bankräubern gekidnappt werden würde, damit die ihr Auto als Fluchtwagen nutzen können, fände ich es auch nicht sooo schlimm.

Die Leseliste verschwindet leider genauso wenig wie sie. Ich starre darauf. Wie soll ich aus der Nummer bloß wieder rauskommen? Eins der Bücher handelt von einem Jungen, der in den Sommerferien jede Menge Abenteuer mit seinem Hund erlebt und dabei ganz viel Neues lernt.

Ich habe einen Hund, aber ganz ehrlich, so tolle Abenteuer gibt's nur in Büchern.

Wir spielen James Bond

Matt und ich schauen uns im Einkaufszentrum DVDs und Comics an. Seine Mutter ist gerade im Schuhladen ein paar Stockwerke tiefer, aber wir tun so, als wären wir ganz allein da.

Mein Lieblingsverkäufer Jamie wickelt DVDs in Folie ein und verschweißt sie dann mit einem Föhn. Als sein Chef gerade nicht guckt, tut er so, als würde er einen Finger in die Steckdose stecken, und pustet sich Luft ins Gesicht, sodass seine Haare hochfliegen, als hätte er einen Stromschlag abgekriegt. Ich lache lauter als Matt, was aber

Stromschlag

daran liegt, dass Jamie Matts älterer Bruder ist und Matt das, was Jamie macht, nie lustig findet.

Während wir die neuesten Action-Comedy-DVDs durchgucken, erzähle ich Matt von dem Zeitungsartikel, den ich auf dem Dachboden gefunden habe. »Ich würde gern wissen, wie das mit dem ertrunkenen Mädchen so war«, sage ich. »Meinst du, Jamie kann mir helfen, was rauszufinden?«

»Der interessiert sich mehr für lebendige Mädchen.« Matt zeigt auf Jamie, der über den Verkaufstresen hinweg kichernd zwei Highschool-Mädchen die Haare nach allen Richtungen trockenpustet. Jamies Chef hüstelt missbilligend und sagt, er würde mal kurz ins Café ein Stück weiter den Gang runter gehen. Mehr brauchen Matt und ich nicht zu hören.

missbilligend

»Ach komm schon, Jamie. Dein Boss

ist doch jetzt mindestens zehn Minuten weg«, sage ich.

beeindrucken

Matt summt die James-Bond-Titelmelodie. Jamie will die Mädchen beeindrucken, indem er den tollen Bruder gibt, deswegen drückt er auf den Knopf, der das Ladengitter runterfährt. Langsam senken sich die Metallstäbe von der Decke herab, während Matt und ich durch den Laden rennen und so tun, als wären wir Agenten, die von bösen Gangstern gejagt werden. Als das Gitter nur noch ein kleines Stück über dem Boden ist, rollen wir uns drunter durch und entkommen in letzter Sekunde.

Jamie winkt uns von jenseits der Metallstäbe zu und sagt, wir würden aussehen wie Affen im Zoo.

»Sehr witzig«, sagt Matt. »Fahr das Gitter hoch, dann machen wir das noch mal.«

Aber Jamie fischt stattdessen Verpackungschips aus der DVD-Lieferung raus und schmeißt sie uns zu, als wären wir tatsächlich Affen bei der Schaufütterung.

Schwachkopf

»Lass den Mist, du Schwachkopf«, sage ich. »Und jetzt mach schon, damit wir noch mal durchtauchen können, bevor dein Boss zurückkommt.«

Aber Jamie ist uns gegenüber total blind und taub, weil er sich nur auf die Mädchen konzentriert.

»Ihr seid genau da, wo ihr hingehört – hinter Gittern.«

Als ich mich umdrehe, steht da Carly Rodriquez, das schlaueste Mädchen der Klasse. Ich sage ihr, wir würden gerade einen James-Bond-Film nachspielen und könnten nicht für ihre Sicherheit garantieren, wenn sie nicht schleunigst aus dem Weg ginge.

Sie wedelt mit einer grünen Plastiktüte vor unserer Nase rum, als hätte sie da drin den Geheimcode, hinter dem wir her sind. »Hab mir gerade meine Bücher für den Sommer geholt. Zwei mehr als vorgeschrieben, falls ich die anderen früher fertig kriege.«

Streberin, denke ich. Lehrers Liebling. Ich melde Jamie, dass sein Boss mitsamt Kaffee im Anmarsch ist, und sofort haut er auf den Knopf, um das Gitter hochzufahren. Als es gut dreißig Zentimeter über dem Boden ist, rollen Matt und ich uns darunter durch in den Laden. Carly sieht fast aus, als wäre sie ein bisschen neidisch, weil sie nicht mitspielen kann.

neidisch

Jamie späht den Gang runter. »Du hast mich angelogen, mein Chef kommt noch gar nicht.«

»Ich weiß.« Ich grapsche mir eine Handvoll Kleingeld aus der Brauchen-Sie-einen-Cent-oder-haben-Sie-einenüber?-Schale auf dem Verkaufstresen, dann renne ich hinter Matt her zur Posterabteilung. Carly steht inzwischen ganz hinten im Laden und lächelt, während sie eins ihrer neuen Bücher durchblättert. Diesmal bin ich derjenige, der neidisch ist.

Wieso heißt sie Babysitter, obwohl ich kein Baby mehr bin?

Waffen-stillstand

Nachdem meine Eltern zu ihrem Donnerstagabend-Date aufgebrochen sind, schlage ich meiner Babysitterin Amy einen Waffenstillstand vor. Normalerweise foltere ich sie, indem ich mich im Badezimmer einschließe und das Wasser so lange in die Badewanne laufen lasse, bis alles überschwemmt ist, oder ich fahre mit meinem alten Fahrrad die Treppe im vorderen Treppenhaus runter. Beim letzten Mal hab ich so eine Vollbremsung am Schreibtisch meines Vaters hingelegt, dass seine Stifte sich übers ganze Haus verteilt haben.

Vollbremsung

»Wir machen einen Deal«, sage ich. »Du hilfst mir, ein paar Sachen rauszukriegen, und dafür geh ich nachher ohne Ärger ins Bett. Versprochen.«

Amy schreibt gerade eine SMS an eine Freundin oder so. Sie hält inne und schaut mich argwöhnisch an. »Sind die Sachen für ein Schulprojekt gedacht?«

»Sozusagen.« Nachdem meine Mutter mir gestern den Zeitungsartikel entrissen hat, hab ich jeden Abfalleimer im Haus durchsucht – ohne Erfolg. Und ich kann mich nur noch daran erinnern, von wann der Artikel stammte.

Als Amy sich wieder dem Simsen widmet, quetsche ich meinen Kopf zwischen sie und das Handy und frage sie, ob sie etwas für mich am Computer recherchieren kann. Angesichts der Aussicht, sich an den superschnellen Laptop meines Vaters setzen zu dürfen, reißt sie entzückt die Augen auf und gibt in Sekundenschnelle MARTHA'S VINEYARD ERTRUNKEN und die Jahreszahl in die Suchmaschine ein. Sofort poppen etliche Zeitungsartikel auf, aber ich brauche nicht allzu lange, um den zu finden, den ich vom Dachboden kenne. Das Mädchen hieß Susan James. Ich frage Amy, ob sie noch was anderes finden kann.

»Wieso fragst du eigentlich ausgerechnet mich?«

Ich erkläre ihr, dass ich Mom schon zweimal damit genervt habe und sie jedes Mal wütender wird. Ich hab sogar gehört, wie sie Dad drauf angesprochen hat, im Arbeitszimmer, bei geschlossener Tür.

»Schreib doch die Leute von der Zeitung an, wenn deine Verzweiflung und deine Neugier so groß sind.«

Verzweiflung

»Aber dazu müsste ich ja SCHREI-

BEN.« Ich beschließe, dass mir Amys Einstellung nicht gefällt. Also breche ich den Waffenstillstand, schnapp mir meinen Hund Bodi und sperre mich mit ihm im Auto meiner Mutter ein. Nachdem sie ein paar Minuten lang erfolglos versucht hat, mich da rauszulocken, gibt Amy auf und geht wieder ins Haus.

herauslocken

Ich kauere mich auf den Rücksitz und denke über das ertrunkene Mädchen nach. Sie war ungefähr so alt wie Amy. Ich vergrabe das Gesicht in Bodis schokofarbenem Fell und überlege, wie es wohl für ihre Eltern gewesen sein muss, für ihre Geschwister, falls sie welche hatte, oder auch für ihren Hund. Als könnte er meine Gedanken lesen, rückt Bodi näher an mich heran und legt mir den Kopf aufs Bein. Ich denke an Wellen, die sich am Strand einer Insel brechen, auf der ich noch nie war. Aber dann erschrecken mich zwei Scheinwerfer fast zu Tode. Mom und Dad kommen frühzeitig nach Hause.

zu Tode erschrecken

Ich hechte aus dem Auto und Bodi folgt meinem Beispiel. »Wir waren gerade dabei, da drin sauber zu machen. Das war ja echt ein Saustall!«

Amy kommt ihnen auf der Auffahrt entgegen und streckt eine Hand nach ihrem Babysittergeld aus. »Er hat sich schon wieder mit dem Hund eingesperrt. Außerdem ist er total besessen von einem Zeitungsartikel über ein ertrunkenes Mädchen. Ich hab mein Bestes gegeben, Mrs Fallon, ehrlich.«

besessen

Meine Mutter gibt ihr einen Zwanziger, und Amy hängt schon wieder am Handy, noch bevor Dad ihr anbieten kann, sie nach Hause zu fahren. Ich brülle Bodi quer über die Straße zu, er soll das Futter nicht wegfressen, das Mr Jennings für seine Katze rausstellt.

Meine Mutter hält die hintere Autotür auf. »Keine Ahnung, warum ich den Artikel damals aufgehoben habe«, sagt sie. »Wahrscheinlich stand was auf der Rückseite, was mich interessiert hat.«

»Auf der Rückseite war eine Werbung für einen Möbelladen.«

»Na siehste. Wahrscheinlich war ich damals gerade auf der Suche nach einem Sofa oder so.«

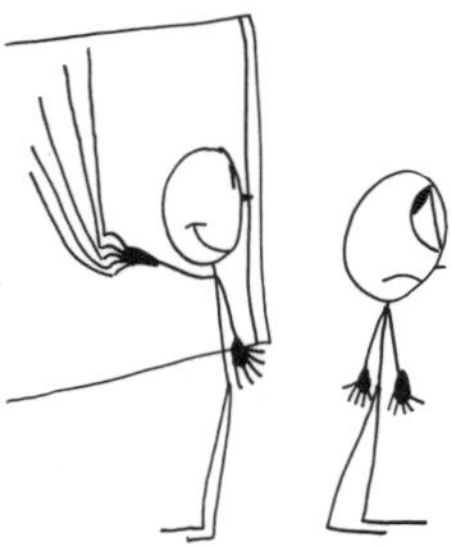

Genervtheit

»Auf Martha's Vineyard?«

Mom gibt sich alle Mühe, sich ihre Genervtheit nicht anmerken zu lassen. »Ich weiß, dass du eine blühende Fantasie hast, aber vielleicht könntest du dich langsam mal wieder anderen Betätigungsfeldern zuwenden? Morgen ist der letzte Schultag. Lass uns doch einfach einen tollen Sommer verleben, okay?« Sie wirft mir das Lächeln zu, das sie immer draufhat, wenn sie alles dafür geben würde, wenn ich mich wenigstens mal ein paar Minuten lang normal benehmen könnte.

Ich sage ihr, dass morgen in der Schule außer DVD-Gucken sowieso nichts mehr läuft, also könnte ich doch genauso gut zu Hause bleiben. Aber das kauft sie mir nicht ab. Sie schickt mich zum Zähneputzen.

Später (meine Zähne bleiben übrigens ungeputzt) schreibe ich S-U-S-A-N-J-A-M-E-S mit dem Finger an die Wand. Bodi schaut von seinem Schlafplatz am Fußende meines Bettes hoch, als könnte er lesen. Vielleicht würde er das ja lernen, wenn die Sommerleseliste nicht so bescheuert wäre. Ich rede mir gut zu, dass ich aufhören muss, an blöde Sachen zu denken. Schließlich gehen morgen die

Sommerferien los - jeden Tag ausschlafen können, und kein Lehrer stupst dir mehr ständig den mentalen Elektroschocker in die Seite, damit du LERNST LERNST LERNST.

Außerdem ist morgen auch der Tag, an dem ich anfangen werde zu erforschen, was meine Mutter da vor mir verheimlichen will.

Endlich!

Der letzte Schultag sollte der tollste Tag des Jahres sein, aber er wird die totale Katastrophe. Ms Williams kriegt den DVD-Player nicht zum Laufen und fängt an, auf alle möglichen Sachen im Raum zu zeigen, und zwingt uns, sie zu buchstabieren, als wären wir Erstklässler. Als sie auf ein Foto von Mr Demetri zeigt, buchstabiere ich D-E-R S-C-H-L-I-M-M-S-T-E D-I-R-E-K-T-O-R A-L-L-E-R Z-E-I-T-E-N. Ich bin stolz, dass ich das total fehlerfrei hinkriege, aber Ms Williams findet es gar nicht komisch und gibt mir zur Strafe

Strafe

auf, das Große Einmaleins aufzuschreiben. Heutzutage weiß niemand mehr einen guten Witz zu schätzen, man kriegt null Anerkennung, echt übel.

Anerkennung

Als ich zu meinem Schließfach gehe, wartet da Joe Brennan auf mich. Joe war früher mal einer der kleinsten Jungen an der Schule, aber inzwischen hat er einen Riesenwachstumsschub hingelegt und ist mit Abstand der größte. Leider ist Joe nicht schlau genug, um seine neue Körpergröße dazu zu nutzen, andere Kinder kopfüber zu halten, damit ihnen die Münzen fürs Mittagessen aus den Taschen fallen. Stattdessen haucht er einem seinen Junkfood-Atem ins Gesicht und erzählt lahme erfundene Geschichten. Ehrlich, Geldverlust ist hundertmal besser als seine bescheuerten Storys von sprechenden Wüstenrennmäusen oder Schildkröten mit Zauberkräften.

Zauberkräfte

Ich lehne mich an mein Schließfach, um Joes ekelhaftem Mundgeruch zu entgehen. Den orangen Matschkrümeln zwischen seinen Zähnen nach zu urteilen hat er Cheetos gegessen.

»Hey, Derek«, sagt er. »Bleibst du diesen Sommer im Lande? Ich schreibe gerade an einer Geschichte über eine geflügelte Katze mit Höhenangst.«

»Klingt interessant.« Und dann präsentiere ich ihm eine weitere Lüge – dass ich in ein Skateboard-Ferienlager nach Venice Beach fahre und deswegen nicht hier sein werde.

Aber das kauft er mir nicht ab. »Du hängst garantiert den ganzen Sommer hier rum, mit deinem dämlichen alten Retriever, der nicht mal reinrassig ist. So wie jeden Sommer.«

»Mag sein, dass mein Hund alt und eine Promenadenmischung ist, aber dämlich ist er nicht.« Der Griff meines Schließfachs bohrt sich in meinen Rücken, als ich den orangen Krümeln ausweichen will, die aus Joes Mund spritzen.

Er lässt mein T-Shirt erst los, als ich ihm ins Gesicht rülpse. Ich renne so schnell zurück zum Klassenzimmer, dass ich unterwegs mit Ms Williams zusammenknalle.

Sie drückt mir ein Buch in die Hand. »Betrachte es als Geschenk zum Ende des Schuljahres.«

Das Buch steht auf unserer Leseliste.

»Es ist weder aus der Bücherei noch aus der Klassenbibliothek«, fährt sie fort. »Du kannst also reinschreiben. Ich habe auch schon ein paar Notizen an den Rand gemacht, vielleicht findest du sie ja hilfreich.«

»Sie schenken mir ein gebrauchtes Buch?«

Sie ignoriert meinen Einwurf. »Und führ dein Zeichenwörterbuch fleißig weiter.«

Anscheinend versteht sie nicht, dass ich abhauen will, denn sie versperrt mir ständig den Weg. Wir schieben uns von einer Seite zur anderen, wie zwei alte tanzende Leute. Wie bestellt taucht Carly plötzlich neben mir auf. Sie lächelt Ms Williams süßlich an, dann wirft sie mir einen bösen Blick zu, damit ich den Weg zum kostbaren Klassenzimmer freigebe.

kostbar

Ich rücke zur Seite und bedanke mich bei Ms Williams für das Buch. Als Carly checkt, dass die Lehrerin mir was geschenkt hat und ihr nicht, stößt sie einen Jammerlaut hervor, als hätte ihr jemand in den Magen getreten.

»Carly, du nimmst also Ginger mit nach Hause?«, fragt Ms Williams.

Carly hat sich – natürlich – freiwillig gemeldet, um den Klassenigel den Sommer über zu versorgen. Jetzt steht sie neben Gingers Kiste wie ein Geheimagent, der den Präsidenten bewacht. Vielleicht schläft sie ja irgendwann diesen Sommer mit dem Igel auf dem Schoß ein und entdeckt beim Aufwachen, dass Gingers Stacheln ihr ein Lochmuster verpasst haben.

Stacheln

Als es zum Unterrichtsende klingelt, verabschieden sich die meisten Mädchen mit Umarmung vor den Schließfächern und quetschen noch die letzte Sekunde Schule aus, bevor sie sich im September wiedersehen. Ich hechte über die Hecke am Schultor und komme gerade noch knapp vor der Schülerlotsin zum Stehen. Als sie mir einen schönen Sommer wünscht, rufe ich über die Schulter zurück, ich würde mir alle Mühe geben. Zu Hause schleudere ich meine Schultasche auf die Veranda und lasse Bodi raus. Ich überlege, ob ich seine Leine mitnehmen soll, entscheide mich dann aber dagegen. Wir sind frei! Endlich!

Obstgranaten

Gitter

Matt und ich holen meine Filzstifte und malen Gittermuster auf die Avocados, die auf dem Küchentresen liegen. Danach tragen wir sie raus und stapeln sie wie Kanonenkugeln zu einem Haufen. Wir »leihen« uns drei Säcke Pflanzenerde aus der Garage, kippen sie mitten auf die Auffahrt und bauen daraus zwei große Hügel, hinter denen wir uns schließlich verstecken.

»In der Schule hätten wir jetzt Sozialkunde.« Matt beschießt mich mit einer Avocado. Große grüne Batzen landen auf meinem Turnschuh.

Ich schmeiße eine Avocado zurück, die fliegt aber vorbei. »Nein, noch schlimmer. Wir wären bei der Morgenversammlung und müssten Mr Demetri ertragen, wie er blöde Folksongs singt und auf seiner Gitarre rumzupft.«

Keine Ahnung, ob unsere Explosionsgeräusche meine Mutter aus dem Haus locken, jedenfalls steht sie, als ich hochschaue, auf einmal auf der Veranda und sieht uns zu, wie wir uns mit Avocados bombardieren.

Explosion

»Das sind Handgranaten«, erkläre ich ihr.

»Schon klar.« Sie wirft mir einen Blick zu, der besagt, dass ich mal wieder Mist gebaut habe. »Die Avocados hätte ich fürs Abendessen gebraucht.«

Ich deute auf den grünen Schnodder, mit dem unsere Klamotten und die halbe Auffahrt bedeckt sind. »Sind

doch immer noch essbar. Hol halt eine Tüte Chips dazu oder so.«

Sie macht ohne ein weiteres Wort die Tür zu und ich weiß, wir werden so schnell weder Chips noch sonst was zu sehen kriegen. Außerdem hat Bodi die größten Avocadobatzen inzwischen von der Auffahrt weggefressen.

Der Nächste, der auf der Veranda auftaucht, ist mein Vater. Einer der Vorteile an einem Vater, der von zu Hause aus arbeitet, besteht darin, dass er immer da ist. Das ist aber leider gleichzeitig auch einer der Nachteile.

Er legt eine Packung mit großen Mülltüten auf die Treppe. »Ihr zwei hattet bestimmt vor, die ganze Blumenerde wieder aufzuräumen, stimmt's?«

»Stimmt«, tun Matt und ich so, als würden wir ihm recht geben.

Dad holt einen Zehn-Dollar-Schein aus seiner Brieftasche und steckt ihn unter die Schachtel. »Und danach geht ihr dann los und kauft neue Avocados.«

Er redet noch eine Weile weiter, aber Matt und ich haben nur den Zehn-Dollar-Schein im Blick, auf dem unsere Namen stehen. Ich denke an sieben, vielleicht sogar acht Schokoriegel in XXL, und ich wette, Matt denkt an genau dasselbe. Als mein Vater endlich wieder ins Haus geht, hechten Matt und ich nach dem Geld. Er ist schneller.

»Eine Riesentüte Popcorn, ein Kübel Eiscreme und eine Schachtel Muffins mit Streuseln drauf?« Er wedelt mit dem Schein nach mir, als wäre der ein Handtuch, mit dem wir uns nach dem Sportunterricht immer beklatschen.

Wir fahren mit den Skateboards zum Supermarkt, und ich frage den Mann in der Obst- und Gemüseabtei-

Gemüse

Besteck

lung, ob er Avocados im Angebot hat. Er holt ein paar aus dem Lagerraum, die viel billiger sind als die in der Auslage. Damit haben Matt und ich genug Geld übrig für eine Halbliterpackung Schokokaramelleis. Wir holen uns Besteck und Servietten von der Salatbar und setzen uns dann hinter dem Laden auf unsere Skateboards, um das Eis zu essen.

»Rate mal, was Mom beschlossen hat, wohin wir diesen Sommer fahren«, sagt Matt.

Ich zucke mit den Schultern und bohre der Karamell-Ader nach, die sich an der Innenseite der Eispackung entlangwindet.

»Nach Martha's Vineyard. Ist nicht das Mädchen aus deinem Zeitungsartikel da ertrunken?«

Auf einmal beneide ich Matt um seine Urlaubspläne. Nicht weil er mit seiner Familie wegfährt und wir nicht, sondern weil er damit einem echten Abenteuer einen großen Schritt näher sein wird als ich.

»Frag doch deine Mutter, ob ich mitkommen darf. Wir haben dich letztes Jahr doch auch mit nach San Francisco genommen, weißt du noch?« Weil ich Einzelkind bin, darf ich öfter mal Freunde mit in die Ferien nehmen. Manchmal nehme ich Matt mit, manchmal nur Bodi.

Matt versucht die Karamell-Ader an sich zu reißen, indem er mit seinem Löffel gegen meinen fechtet. Irgendwann nehme ich meinen Löffel weg und lasse seinem den Vortritt.

fechten

»Okay, ich frag sie, ob du mitkannst. Aber das sind dreitausend Meilen bis nach Martha's Vineyard. Ich weiß nicht, was sie davon halten wird.«

Ich schicke direkt aus meinem Kopf

ein Stoßgebet in Richtung Matts Mutter. *Sag Ja. Ich werde auch ganz brav sein. Sag Ja. Ich werde auch ganz brav sein.*

Schnurrbart

Zu Hause tatscht Mom an den neuen Avocados herum und sagt, sie seien überreif und wären innen bestimmt schon braun. Sie fegt sie vom Küchentresen in den Mülleimer, dann wischt sie mir mit einem Geschirrtuch den Schokoladenschnurrbart weg. Sie ist dabei nicht gerade zimperlich, aber ich beschwere mich mit keinem Wort. Zum Abendessen gibt es was vom Chinesen-Lieferdienst, aber darüber beschwere ich mich auch nicht. Ich pikse den Zettel aus meinem Glückskeks mit einer Reißzwecke an die Pinnwand in meinem Zimmer: EINE GESCHICHTE WIRD SICH VOR DIR ENTFALTEN. Dann schlüpfe ich unter die Decke und hoffe, dass die Prophezeiung sich erfüllt. Wenn ich die Leute in der Glückskeksfabrik doch nur dazu bringen könnte, auch meinen Sommeraufsatz zu übernehmen.

Und dann richte ich alle Aufmerksamkeit auf meinem neuen Plan: Matts Mom dazu zu kriegen, dass ich sie nach Martha's Vineyard begleiten darf.

begleiten

Armer Dad

haufenweise

Trotz Sommerferien hab ich nichts dagegen, mit meinem Vater zu seiner Arbeit zu fahren. Er ist Zeichner und macht Storyboards für Filme und heute arbeitet er mit einem Regisseur zusammen, der einen Horrorstreifen dreht. Echt cool, den Tag an einem Filmset zu verbringen, auf dem haufenweise falsche Körperteile und Kettensägen rumliegen. Während Dad mit dem Regisseur darüber spricht, wie der die Storyboards haben will, nerve ich immer wieder den Requisiteur, er soll mir das Rezept für künstliches

Blut verraten. Er lacht, weiht mich aber nicht in sein Geheimnis ein.

Als Dad und ich in der Studio-Kantine zu Mittag essen, schaue ich mir seine Skizzen an. Das sind nur so ganz einfache Strichzeichnungen, ähnlich wie die Dinger, die ich von meinen Vokabeln mache, aber mit Hintergrund und aus verschiedenen Blickwinkeln gezeichnet.

Am Nebentisch schaufelt sich eine Schauspielerin, auf deren Armen künstliches Blut klebt, einen Salat rein. Ich muss lachen, aber Dad beachtet sie gar nicht; er schaut die ganze Zeit den Mann an ihrer Seite an, einen jungen Typen mit einer coolen Brille und Ziegenbärtchen. Dann schaut Dad auf seine Skizzen runter und wirkt auf einmal total traurig. Ich frage ihn, was los ist.

»Die werden immer jünger«, sagt er.

Animation

»Die Schauspieler?«

Er schüttelt den Kopf. »Die Zeichner. Die bringen schon gleich nach dem Schulabschluss jede Menge Erfahrung in Animationstechniken mit. Wird immer schwerer, da mitzuhalten.« Er schiebt seine Zeichnungen unter seine Jacke, die auf dem Stuhl neben ihm liegt.

Ich weiß jetzt schon, dass die Unterhaltung gleich auf mich umschwenken wird. Das passiert immer, wenn man Einzelkind ist.

»Deswegen ist es so wichtig, dass du gut in der Schule bist und immer dranbleibst. Der Arbeitsmarkt ist ein hartes Pflaster.«

Ich würde ihn gern dran erinnern, dass ich erst zwölf bin, aber er sieht so deprimiert aus, dass ich es lieber lasse. Auf dem Heimweg verzichte ich sogar darauf, ihn zu bitten, kurz beim

Comicladen anzuhalten, weil ich Angst habe, dass ihn das noch mehr runterzieht.

Später, als Dad vor den Fernsehnachrichten auf der Couch eingeschlafen ist, kommt mir eine Idee. Ich greife mir einen der Filzstifte von seinem Schreibtisch und verschönere Dad so, dass er viel jünger aussieht. Mein Vater hat einen Schlaf wie ein Riesenmammutbaby und wacht erst auf, als Mom ins Zimmer kommt und zu schreien anfängt.

»Derek! Was machst du da?«

»Meine künstlerischen Fähigkeiten ausbauen.«

Sie fängt an zu lachen, als sie Dads Gesicht sieht, aber dann reißt sie entsetzt die Augen auf. Ich folge ihrem Blick zu meiner Hand: Der Stift ist nicht abwaschbar. Das haut mich doch ein bisschen um. Mein Vater steht auf

umhauen

Spiegelbild

und schaut sich im Wohnzimmer sein Spiegelbild an.

»Derek Martin Jeremy Fallon, jetzt bist du aber wirklich zu weit gegangen!«, sagt Mom.

»Ich wollte Dad doch nur helfen, mit der jungen Konkurrenz mitzuhalten.«

Mein Vater starrt auf die langen, breiten Koteletten, die ich ihm aufgemalt habe, und den halben Schnurrbart. »Sieht eigentlich gar nicht so übel aus.«

ermutigen

»Jeremy!«, kreischt Mom. »Jetzt ermutige ihn nicht auch noch!« Damit rennt sie in die Küche und kommt mit einem Geschirrtuch zurück, aber die neue Gesichtsbehaarung meines Vaters wird sich so schnell nicht verabschieden lassen.

Mom rubbelt ihm so heftig übers Gesicht, dass ich mich frage, ob er hinterher vielleicht ein künstliches Gebiss braucht. Während ich in mein Zimmer hochgehe, mache ich in Gedanken eine Liste mit coolen Sachen, die man mit so einem Gebiss anstellen könnte.

Gebiss

Als mein Vater am nächsten Morgen runterkommt, muss ich mich echt zusammenreißen, um nicht loszulachen. Von den Koteletten, die ich ihm aufgemalt hab, ist noch einiges zu sehen, und er hat ein schwarzes T-Shirt an, das ihm viel zu klein ist. Außerdem hat er sich mit dem Haargel meiner Mutter gestylt, sodass ihm die Haare wild nach allen Seiten abstehen. So lustig er auch aussieht - sein Versuch, möglichst cool zu wirken, macht mich irgendwie traurig. Jetzt bin ich dran, ihm Ratschläge zu geben.

»Mach dir keine Sorgen wegen dieser jungen Typen, die dir die Aufträge wegnehmen«, sage ich. »Du bist ein toller Illustrator. Mach einfach das, was du mir geraten hast – bleib immer am Ball.«

hochwürgen

Er schaut mich an, als hätte ich tatsächlich was Sinnvolles gesagt und nicht einfach das Zeug wieder hochgewürgt, mit dem er mich immer zutextet. »Du hast absolut recht. Also, diesen Sommer werden wir beide uns mal richtig ranhalten.«

Und da wird mir plötzlich klar, was mein Versuch, Dad zu helfen, mir soeben eingebracht hat: noch mehr Arbeit. Wie heißt es so schön: Nett ist die kleine Schwester von Scheiße. Es stimmt – wenn man zu nett ist, brockt man sich selber nur Mist ein.

Meine Eltern und ihr notgedrungenes Geständnis

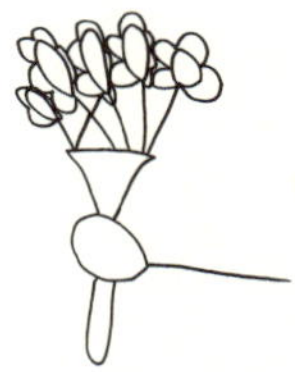

Blumenstrauß

Ich pflücke für Matts Mutter einen Strauß Roter Sonnenhut aus Mr Parkers Garten, damit sie mich mit in Urlaub nimmt. Außerdem fege ich mit Matt zusammen den Bordstein vor ihrem Haus und gieße die Kübelpflanzen. Ich helfe seiner Mom sogar, ihre sechs vollen Einkaufstüten ins Haus zu tragen. Aber als Matt endlich eine Antwort von ihr bekommt, lautet sie nein.

Wir stöpseln die alte Höhensonnenlampe seiner Schwester außen am Haus ein, um zu gucken, ob wir damit den Rasen in Brand setzen können.

»Liegt wohl daran, dass Massachusetts so weit weg ist, was?«, frage ich.

»Nein, ich glaube, sie hat sich dagegen entschieden, nachdem sie mit deiner Mutter gesprochen hatte.«

»Also hat Mom ihr gesagt, dass ich nicht mitdarf?«

»Schätze schon. Sorry, Kumpel, ich hab's echt versucht.«

Dürre

Matts Schwester Tanya kommt aus dem Haus gerannt und fragt, ob wir noch ganz dicht seien – wir hätten doch gerade eine Dürreperiode und mit der Lampe könnten wir einen Buschbrand verursachen, der tagelang nicht zu löschen ist. Während sie noch redet, sage ich zu Matt, dass ich jetzt gehe. Seit Tanya bei verschiedenen Nachbarn babysittet, ist sie total unmöglich geworden. Bodi rennt auf dem Heimweg neben meinem Skateboard her.

Ich fahre Slalom zwischen den Verkehrshütchen, die ich auf der Straße aufgestellt hab, und stelle mir dabei eine riesige Höhensonne vor, die ich einsetzen könnte, um meine Mutter einer Befragung zu unterziehen. Aber ich hab keine Höhensonne, also nehme ich stattdessen mein Krocketset und klettere damit aufs Garagendach. Ich brauche ein paar Versuche, bis ich mit der grünen Kugel die Satellitenschüssel treffe. Zwei Sekunden später kommt mein Vater herausgestürmt.

Befragung

»Wenn ich bei diesem Turnier ein Ass verpasse, weil du dich an der Satellitenschüssel zu schaffen machst, dann zieh ich dir höchstpersönlich eins mit dem Krocketschläger über, das schwöre ich! Jetzt rück die Schüssel wieder zurecht und dann komm sofort da runter!«

»Ich komme erst runter, wenn du mir

sagst, warum ihr mich nicht mit nach Martha's Vineyard lasst.« Ich hole noch mal aus und verpasse der Satellitenschüssel einen zweiten Schlag. Ich spiele seit der dritten Klasse Krocket und hab seitdem echt schon ziemliche Fortschritte gemacht.

Fortschritte

Mein Vater ruft nach Mom und die kommt auch gleich aus dem Haus. Zwei Lesebrillen stecken wie Haarreifen in ihrer Frisur, eine dritte hat sie sich in den Shirtkragen geklemmt und die vierte trägt sie tatsächlich auf der Nase. Normalerweise kann sie ihre Brille nie finden, aber diesmal sieht es so aus, als hätten alle Brillen im Haus gleichzeitig sie gefunden.

»Derek, nicht schon wieder, bitte!«

Ich erkläre ihr, dass ich nicht runterkomme, ehe sie mir nicht sagt, warum ich nicht mit Matt in Urlaub fahren darf. Mein Vater kapituliert

kapitulieren

mit erhobenen Händen und geht dann wieder rein.

»Ich möchte nicht, dass du mit Matt in Urlaub fährst, weil Martha's Vineyard am anderen Ende des Landes liegt. Es ist einfach zu weit weg.«

»Du willst nicht, dass ich mitfahre, weil du Angst hast, ich könnte die Wahrheit über das Mädchen rauskriegen, das da ertrunken ist.« Nach einer Pause werde ich konkreter. »Die Wahrheit über Susan James.«

Es ist, als würde der Klang dieses Namens im Inneren meiner Mutter etwas aufknoten. Selbst von hier oben auf dem Dach kann ich sehen, wie sie auf einmal ganz traurig wird.

»Komm vom Dach runter, dann erzähl ich dir alles.« Ihre Stimme klingt so ruhig, dass ich die Krocketsachen sofort runterwerfe. Aber sobald ich auch unten gelandet bin, zerrt meine

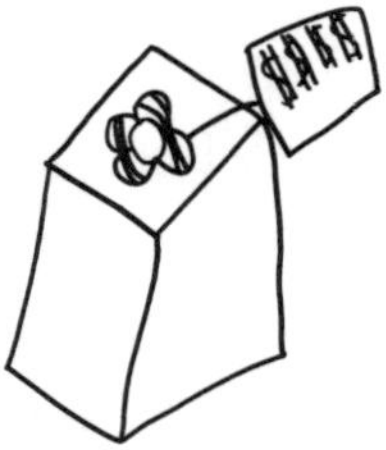

teuer

Mutter mich ins Haus und verpasst mir eine dicke Portion Levitenlesen. »Du gehst da nie wieder hoch, verstanden? Das ist gefährlich! Außerdem war die Satellitenschüssel ziemlich teuer.«

Ich winde mich aus ihrem Griff und setze mich an den Küchentisch. Seufzend lässt sie sich auf den Stuhl neben mir fallen.

»Als du noch klein warst, etwa zwei Jahre alt, haben wir mal Grandma in Boston besucht. Das war im Sommer, im August, und auf dem Rückweg haben wir auf Martha's Vineyard für eine Woche ein Haus angemietet.«

herumzappeln

Ich klemme mir die Hände unter die Oberschenkel, um nicht herumzuzappeln, während sie spricht.

»Ein paar Leute von dem Studio, in dem Dad damals arbeitete, machten auch gerade dort Urlaub, und eines Tages luden sie uns zu einem frühen

Abendessen zu sich ein. Wir kannten keinen auf der Insel, deswegen haben wir einen Babysitter-Dienst angerufen, und die haben uns eine nette College-Studentin mit ausgezeichneten Empfehlungen geschickt, die sollte ein paar Stunden auf dich aufpassen.«

»Susan James?«

Die Stimme meiner Mutter wird immer leiser. »Ja. Sie war in ihrem ersten Studienjahr an der University of Maine, verbrachte aber gerade die Sommerferien bei ihren Eltern auf Martha's Vineyard.«

Ich gebe mir alle Mühe, still zu sitzen, aber es fällt mir superschwer, sie nicht mit tausend Fragen zu unterbrechen.

»Wir hatten ihr gesagt, sie soll mit dir im Haus bleiben, aber sobald wir weg waren, packte sie dich ins Auto und fuhr mit dir nach South Beach.

Als die Dame vom Babysitter-Dienst uns anrief, warst du längst wieder zu Hause und hast tief und fest geschlafen. Wir konnten es kaum glauben, als die Frau sagte, Susan wäre ertrunken.«

Ich brauche mehr Details. »Aber wie ist das passiert?«

Meine Mutter scheint zu überlegen, wie viel sie mir erzählen soll. »Vielleicht bist du ins Wasser gegangen«, sagt sie dann. »Und Susan ist dir hinterher, um dich rauszuholen. Sie hat dich ans Ufer geschoben, aber dann muss eine heftige Strömung sie zurück aufs offene Meer gezogen haben. Ich hab dir das nie erzählt, weil ich nicht wollte, dass du denkst, es wäre deine Schuld gewesen.«

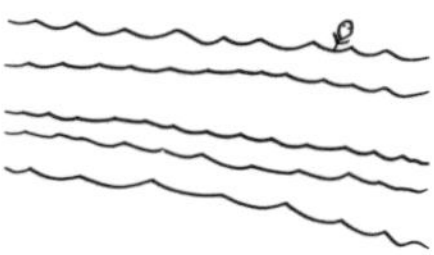

heftige Strömung

Wieso hatte ich diesen blöden Zeitungsartikel bloß gefunden? Hätte ich gewusst, dass dieser Unfall etwas mit mir zu tun hatte, ich hätte nie auch nur eine einzige Frage gestellt! Ich hätte es wissen müssen – freiwillige Lektüre stellt ein extremes Risiko für Leib und Leben dar.

Risiko für Leib und Leben

Meine Mutter geht aus der Küche und kommt mit einem Ordner wieder. »Susans Mutter und ich haben uns jahrelang Briefe geschrieben.«

Ich schaue den Ordner durch, finde eine Weihnachtskarte mit einem Schneemann auf Skiern.

»Ich weiß, dass es weder unsere noch deine Schuld war – Susan hätte nicht das Haus mit dir verlassen dürfen –, aber ich hatte trotzdem ein schlechtes Gewissen.« Mom legt ihre Hand auf meine, in der ich immer noch die Weihnachtskarte halte. »Ich kann mir kaum vorstellen, wie schrecklich es sein muss, sein Kind zu verlieren.«

Auf einmal fällt mir ein, dass wir

Donnerstag haben – heute Abend wollten meine Eltern doch ausgehen. »Willst du Amy nicht lieber absagen?«, frage ich. »Sie ist zwar nicht gerade mein Lieblings-Babysitter, aber nicht dass ich sie aus Versehen auch noch umbringe ...«

Mom nimmt mir die Karte weg. »Du konntest nichts dafür. Du warst zwei Jahre alt, du hast nichts falsch gemacht.« Als sie Amy anruft, um ihr zu sagen, dass sie und Dad beschlossen hätten, heute nicht auszugehen, weiß ich, dass sie das nicht aus Sorge um Amys Leben macht, sondern weil sie mich heute nicht aus den Augen lassen will. Ich kann's ihr nicht verdenken; im Moment ist mir auch nicht danach, allzu weit weg von zu Hause auf Wanderschaft zu gehen. Mom bittet Dad, etwas vom Griechen am Pier zu holen.

Wanderschaft

Dann sitzen wir alle drei hinter dem Haus und schauen zu, wie Bodi am Zaun auf und ab rennt und den Terrier von nebenan verbellt. Während ich mein Lamm-Schaschlik esse, sickert mir langsam die Erkenntnis in den Kopf, warum Mom mir bisher nichts von Susan erzählt hat. Seit einer Woche nerve ich sie damit, und jetzt, wo ich die Informationen habe, geht's mir schlechter als je zuvor. Diesmal hat mir meine Neugierde nichts Gutes gebracht. Diesmal hätte ich die Sache vielleicht wirklich mal auf sich beruhen lassen sollen. Ich pikse mir den Holzschaschlikspieß in die Handfläche, bis mein Vater sagt, ich soll das endlich bleiben lassen.

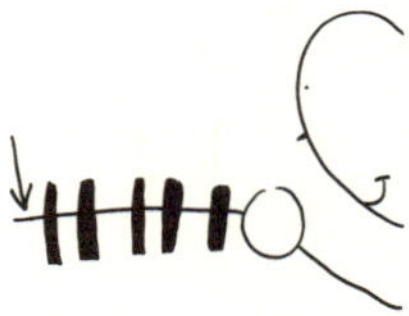

Schaschlikspieß

Vergessen ist gar nicht so leicht

In den folgenden Tagen versuche ich den Zeitungsartikel zu vergessen, aber es klappt nicht. Und obwohl ich jetzt die wahre Geschichte kenne, kann ich nicht anders, als Mom mit immer noch mehr Fragen zu löchern. Wie hat Susan James ausgesehen? Wo genau haben wir auf Martha's Vineyard Urlaub gemacht? Irgendwann reicht es Mom mit der Fragerei und sie sagt, das Thema sei jetzt endgültig abgeschlossen.

irgendwann

Vor ein paar Jahren haben meine Eltern das Bürogebäude nebenan gekauft und Moms Praxis darin eingerichtet. Sie arbeitet seit über zwölf Jahren als Tierärztin. Außerdem hat sie eine Tierpension namens »Pet Camp« und einen Hundepflegeladen namens »Pet Spa«. Ich stelle mir immer vor, wie dort Hunde massiert werden oder mit Gurkenscheiben auf den Augen herumliegen. Aber in Wirklichkeit geht es da mehr darum, Zecken aus dem Pelz und Dreck aus Hundeohren zu pulen.

Tierärztin

Ich freue mich so über die Ferien, dass ich Mom helfe, neue Fotos an die riesige Collagen-Pinnwand in ihrem Wartezimmer zu stecken. Wenn jemand das erste Mal mit seinem Tier kommt, macht Mom immer ein Foto von den Besitzern mit ihren Hunden, Katzen, Echsen, Frettchen, Hamstern oder Vögeln und pinnt die dann an die Collage, die inzwischen schon eine ganze Wand einnimmt.

Collage

»Ich hab neulich zufällig Maria Rodriquez beim Einkaufen getroffen«, sagt sie.

»Wen?«

»Carlys Mutter. Wir haben darüber gesprochen, dass ihr zwei euch in diesem Sommer mal wieder treffen könntet.«

widerwärtig

»Also, erstens bin ich schon zu alt für Spielverabredungen, die du für mich arrangierst. Und zweitens ist Carly ein arschkriecherisches Mustermädchen, das ich einfach nur widerwärtig finde.«

betagt

»Ach komm, so schlimm wird sie schon nicht sein.« Mom pinnt ein Foto von einem betagten Herrn mit einem Kakadu auf der Schulter an die Wand.

»Doch, ist sie, glaub mir.«

Als sie fertig ist, holt meine Mutter ein Buch aus ihrer Tasche, schnippt ihre Schuhe von den Füßen und macht es sich in einem der gemütlichen Wartezimmersessel bequem. Mich kann sie damit nicht reinlegen.

»Wenn du das nur machst, um mir zu demonstrieren, wie toll Lesen ist, vergiss es – das zieht bei mir nicht.«

Mom klappt das Buch zu, lässt aber einen Finger zwischen den Seiten eingeklemmt. »Ob du es glaubst oder nicht, Derek, nicht alles auf dieser Welt hat etwas mit dir zu tun. Ich habe jetzt ein Stündchen frei und wollte mich nur etwas entspannen – wenn ich also bitten darf …« Sie scheucht mich mit einer Handbewegung fort und widmet sich wieder ihrem Buch.

Ich lasse sie im Wartezimmer allein und statte den Tieren in der Pension einen Besuch ab. Da ist ein Basset namens Lionel, der hier ist, weil sein Herrchen gerade Urlaub macht, und dann sind da noch zwei Katzen, die

Blechbüchse

zufrieden

ich noch nie gesehen habe. Ich stecke Lionel einen Hundekeks aus der großen Blechbüchse auf dem Empfangstresen zu und schaue dann um die Ecke ins Wartezimmer, wo Mom immer noch liest, obwohl sie nicht weiß, dass ich sie beobachte. Sie hat den gleichen zufriedenen Ausdruck im Gesicht, den auch Carly in Jamies Laden hatte, und ich frage mich, ob Bücher vielleicht nur weibliche Wesen glücklich machen. Dann fällt mir ein, dass auch Dad und Onkel Bob gerne lesen. Langsam glaube ich echt, dass ich das Problem bin. Vielleicht ist das genauso wie mit der Augen- und Haarfarbe – vielleicht gibt's irgendwo ein Leser-Gen, das man bei der Geburt mitbekommt oder eben nicht.

Als meine Mutter umblättert, sieht sie mich in der Tür stehen. »Der perfekte Zeitpunkt, um mit einem der

Bücher auf deiner Leseliste anzufangen«, sagt sie.

»Nein, danke.«

»Ich könnte uns ein paar Kekse holen.«

»Nein, danke.«

»Ich erkläre dir auch die Wörter, die du noch nicht kennst.«

»Nein, danke.«

»Zwei Schokokekse pro Seite?« Sie klopft auf den Sessel neben ihrem – eine Einladung für mich, mich hinzusetzen. »Zeig mir mal die Bilder, die du bisher so von deiner Wortschatzliste gemacht hast.«

Einladung

Ich renne ins Haus und hole mein Skizzenbuch, setze mich neben Mom und zeige ihr meine Zeichnungen.

Sie lächelt. »Ein paar davon erinnern echt an die Zeichnungen deines Vaters. Weißt du eigentlich, dass er als Kind immer ausgeschimpft worden ist, weil er ständig seine Schulhefte vollgekritzelt hat?«

Ich schüttele den Kopf.

»Er hatte eine Lehrerin, die seine Zeichnungen immer ›Hühnergekrakel‹ nannte, und ›Zeitverschwendung‹. Die wäre bestimmt erstaunt, wenn sie wüsste, dass er damit inzwischen seinen Lebensunterhalt verdient.«

Das bringt mich auf eine Idee und ich zeichne ein Bild von Dad als Kind, wie er mit einem riesigen Bleistift als Rammbock das Schultor von innen aufsprengt. Ich überlege mir wie immer sehr genau, welche Farben ich dafür verwende. Nachdem ich fertig bin, fragt Mom, ob sie das Bild haben darf. Als ich Ja sage, klebt sie es neben ihren Schreibtisch an die Wand.

Den restlichen Nachmittag verbringe ich damit, die Details meiner Zeichnungen zu überprüfen. Ich bin vielleicht kein Junge, der sein Bett macht, seine Klamotten wegräumt, die DVDs alphabetisch ordnet oder nach dem Baden die Pfützen im Badezimmer aufwischt, aber wenn es um meine Zeichnungen geht, bin ich unheimlich pingelig.

Ein neuer Freund

Assistentin

Eine von Moms Assistentinnen in der Tierarztpraxis ist im Urlaub, deswegen darf ich mal wieder mitkommen und ihr bei der Arbeit helfen. Normalerweise hat sie in den Pensions-Käfigen nur Hunde und Katzen, aber als ich diesmal nach hinten gehe, entdecke ich zu meiner Überraschung einen Affen.

»Das ist Pedro. Er ist ein Kapuzineraffe, der als Begleittier für Rollstuhlfahrer ausgebildet wurde. Er lebt bei einer guten Freundin von mir, die gerade nach Venice Beach gezogen ist.«

»Er trägt eine Windel!«

»Klar, damit alles sauber bleibt.«

»Und was macht er so im Haus?«

»Alles Mögliche. Das Training der Affen beginnt, wenn sie noch ganz jung sind. Sind wirklich tolle Begleiter.«

Begleiter

Und plötzlich verwandelt sich ein langweiliger Bei-Mom-in-der-Praxis-Tag in ein Füllhorn voller ungeahnter Möglichkeiten und Abenteuer.

Fühler

Aber schon stellt Mom ihre Spaßverderber-Fühler auf. »Pedro ist zwar ausgebildet, aber er ist und bleibt ein Affe, und Affen beißen manchmal. Also komm bloß nicht auf dumme Ideen.« Sie erklärt mir, dass sie normalerweise keine Affen als Patienten hat, aber weil sie während des Studiums jede Menge Erfahrung mit exotischen Tieren gesammelt hat, könne sie ihrer Freundin jetzt prima helfen. Dann scheucht sie mich von dem Kapuzineraffen weg und sagt, ich soll dem Cockerspaniel nebenan die Krallen schneiden. Das hab ich schon öfter gemacht. Ich weiß, wie man einen Hund mit der Leine auf dem Tisch festmacht, sodass er nicht herumstrampeln kann. Ich weiß sogar, wie viel man von der Kralle abknipsen darf, um nicht das Blutgefäß darin zu verletzen.

Aber während ich den Cockerspaniel versorge, kreisen meine Gedanken weiter um Pedro. Ich stelle mir vor, Mom geht in der Mittagspause etwas essen, ich hole den Affen aus dem Käfig, rufe Matt an, und dann schauen wir uns gemeinsam Actionfilme an, während Pedro unsere Hausarbeiten erledigt. Als er fertig ist, setzt er sich zwischen uns auf die Couch und flippt jedes Mal aus, wenn im Film eine Explosion kommt. Wir fahren sogar mit ihm auf der Straße Skateboard, er springt abwechselnd mal auf mein Board, mal auf Matts. Aber mein echter Vormittag sieht viel langweiliger aus: Ich knipse dem Cockerspaniel die Krallen ab, während Pedro sich immer mal wieder kratzt.

abwechselnd

Nachdem ich alle Haare vom Boden gefegt und alle Hundeherzwurm-Tabletten weggeräumt habe, beschließe ich, dass Pedro und ich ein bisschen frische Luft brauchen. Mom versorgt in einem der Behandlungszimmer gerade eine Katze, die das Armband ihrer Besitzerin verschluckt hat. Ich mache Pedros Käfig auf und setze mir den Affen auf die Schulter. Er ist überraschend leicht, klettert auf meinen Kopf hoch und bleibt still dort sitzen, während ich durch die Hintertür zu unserem Haus nebenan schleiche. Dads Auto ist nicht da, Pedro und ich haben das Haus also ganz für uns alleine.

Um Pedros Umgang mit dem Mikrowellengerät zu testen, breche ich einen Schokoriegel in Stücke und kippe die dann in eine Schüssel, so können wir nachher Erdbeeren in geschmolzene Schokolade tunken. Aber Pedro futtert die Schokolade auf, ohne sich überhaupt die Mühe zu machen, die Mikrowelle zu benutzen. Ob die Frau aus Venice Beach Mom angelogen hat, was Pedros Fähigkeiten im Haushalt angeht?

Ich beschließe, dass der Affe auch mal Spaß erleben muss, statt immer nur zu arbeiten. Ich stöbere mein altes Cowboy-Kostüm im Keller auf, steche ein neues Loch in den Pistolengürtel und binde den dann Pedro um. Er nimmt den Cowboyhut vom Küchentresen und setzt ihn auf, als hätte er nur auf eine solche Gelegenheit gewartet. Wahrscheinlich guckt er immer Westernfilme mit seiner Besitzerin, jedenfalls holt er die Spielzeugpistolen aus den Halftern und schleudert sie herum, als käme er gerade aus einem alten Saloon. Bodi kommt durch die Hundeklappe rein und fängt wie ein Irrer an zu bellen, als er Pedro sieht.

Irrer

»Komm mal wieder runter«, sage ich. »Ihr zwei werdet bestimmt super Freunde.« Ich hebe Pedro hoch und setze ihn rittlings auf Bodis Rücken. Entweder Bodi will Pedro abschütteln oder aber er will mitspielen, jedenfalls stürmt er wie wild durchs Haus, und Pedro klammert sich an seinem Halsband fest, als ginge es um Leben und Tod. Bodi kläfft, Pedro kreischt. Ich fange auch an zu schreien und greife mir die Pistole, die Pedro fallen gelassen hat. Zu dritt rasen wir durchs Haus – bis ich plötzlich meine Mutter auf der Türschwelle erblicke.

kreischen

Ihr Gesichtsausdruck ist furchterregender als bei jeder Schauspielerin in Dads Horrorfilmen.

Als Mom Bodi beim Halsband packt, klettert Pedro ihren Arm hoch und setzt sich auf ihre Schulter. Sie gibt Bodi ein Leckerchen aus der Tasche ihres weißen Kittels, dann dreht sie sich zu mir um.

»So. Ich melde dich fürs Sommercamp an.«

»NEIN! Wir hatten doch ausgemacht, dass ich diesen Sommer zu Hause bleibe und hier spiele!«

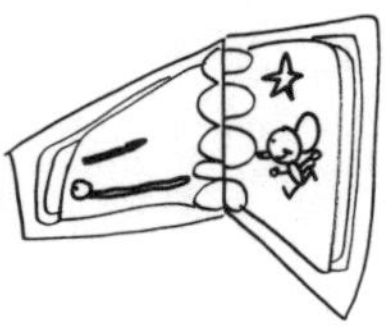

Zeichenmappe

Sie zeigt rundum aufs Wohnzimmer – ein Sessel ist umgekippt, der Inhalt von Dads Zeichenmappe liegt überall auf dem Boden verstreut. »Wenn du unter ›spielen‹ einen Affen entführen und das Haus verwüsten verstehst, dann sollten wir den Begriff vielleicht mal neu definieren.«

Ich würde zwar wirklich lieber zu Hause bleiben, aber es gibt wohl Schlimmeres, als den ganzen Sommer Sport zu treiben. Ich sage Mom, ich würde mich am Abend an den Computer setzen und ein paar geeignete Ferienlager raussuchen.

Sie schüttelt den Kopf.

»Skateboard-Camp?«, schlage ich vor.

»Diesmal nicht.«

»Kletter-Camp?«

»Nein.«

»Karate-Camp?«

»Auch nicht.«

Plötzlich hab ich Angst um mein Leben.

»Du hast einfach viel zu viel Zeit«, sagt Mom. »Du wirst in ein Lern-Camp gehen.«

»NEIN!«

»Doch. Du hast immer noch sechs

Wochen Ferien übrig. Überleg mal, was du dir in der Zeit alles aneignen könntest. Wenn die Schule im September dann wieder losgeht, bist du den Leuten aus deiner Klasse um Längen voraus.«

»Aber ich wollte doch im Gras liegen und zu den Wolken hochschauen und Kickball spielen und Burgen bauen und Dick und Doof gucken und Eis am Stiel schlecken und …«

»Das reicht jetzt! Du bist schließlich keine fünf mehr. Es wird Zeit, endlich mal ein bisschen ernsthaft zu werden.«

»Ich bin zwölf! Außerdem ist Sommer – da muss niemand ernsthaft sein!«

Es sieht fast so aus, als wüsste Pedro, worum es geht. Er wedelt nämlich mit dem Zeigefinger, als wollte er mich für mein Verhalten tadeln.

»Ich wollte ihm mit Dads Elektrorasierer eine schicke Frisur verpassen«, sage ich. »Aber dann hab ich's doch nicht getan! Ich hab meinen gesunden Menschenverstand eingesetzt, um zu einer Entscheidung zu gelangen. Das ist doch der Beweis – ich brauche kein Lern-Camp!« Ich verrate ihr natürlich nicht, dass ich Pedro nur deswegen nicht rasiert habe, weil ich Dads Rasierer nicht finden konnte.

Entscheidung

Bodi steckt den Kopf zwischen meine Beine, was er immer dann macht, wenn er weiß, dass ich Trost brauche. Meine Mutter bringt Pedro zurück in seinen Käfig und sagt, sie würde mich nach dem Abendessen fürs Lern-Camp anmelden.

Wieso können Erwachsene einen nicht einfach mal in Ruhe mit einem Hund und einem Affen spielen lassen?

Nicht den Babysitter killen, nicht den Babysitter killen …

Impuls

Disziplin

Am nächsten Tag bestellt Mom Amy ein, damit sie mir Gesellschaft leistet – im Klartext also: als Babysitter. Ich hab gestern Abend gehört, wie sich meine Eltern unterhalten haben, als sie dachten, ich würde schon schlafen. Man muss kein Gehirnchirurg sein, um sich aus den Wörtern »Impulssteuerung« und »Disziplin« eine Geschichte zusammenzureimen, die kein Kind gerne lesen will. Hinterher hängt mein Vater Ms Williams' Leseliste an den Kühlschrank. Sie sagen zu mir, das mit dem Lern-Camp sei eingetütet, aber ich sage ihnen, der beste Platz für mich zum Lernen sei unter der großen Palme hinten im Garten, mit einem Stapel Comics und Bodi an meiner Seite. Ich habe keine Chance, diese Diskussion zu gewinnen. Ich fühle mich wie in *Gefangen im Sommer* – den Horrorfilmtitel hab ich mir gerade spontan ausgedacht.

Als Amy noch ganz frisch war als mein Babysitter, hat sie mir immer Mittagessen gemacht. Inzwischen zwirbelt sie nur noch an ihren Haaren und deutet auf den Küchenschrank – ich soll mir mein Erdnussbutter-Bananen-Sandwich selber machen. Natürlich kann ich das. Ich würde der alten Version aber trotzdem immer noch den Vorzug geben: Ich schaue lustige Videos im Internet und sie macht Mittagessen.

den Vorzug geben

Ich schneide das Sandwich in zwei Dreiecke und lege die Hälften auf einen

Teller, um Amy zu beweisen, dass ich beim Zubereiten einer Mahlzeit ihre Hilfe gar nicht mehr brauche.

»Übrigens, ich hab mal eine meiner früheren Babysitterinnen umgebracht«, sage ich. »An deiner Stelle würde ich also keine krummen Touren versuchen.«

»Buuuh, da hab ich jetzt aber Angst«, sagt sie und reißt sich, ohne um Erlaubnis zu fragen, eine Ecke von meinem Sandwich ab.

tödlich

»Ich meine das ernst. Mein Babysitter zu sein kann echt tödlich sein. Ich wollte dich zumindest gewarnt haben.«

»Für zehn Dollar die Stunde nehme ich das Risiko auf mich«, antwortet Amy.

Ich überlege, ob ich ihr zwölf Dollar die Stunde anbieten soll, damit sie nach Hause geht, bin dann aber doch zu geizig, mein eigenes Geld für so langweilige Sachen wie den Babysitter zu verschwenden.

»Deine Mutter hat mir von dem ertrunkenen Mädchen erzählt. Mach dir keine Hoffnungen, so was würde ich für dich nie tun.«

konzentrieren

Weil mir ausnahmsweise keine zackige Antwort einfällt, konzentriere ich mich auf mein Mittagessen.

Amy lehnt sich auf ihrem Stuhl zurück. »Ich hab noch nie jemanden gekannt, der dann gestorben ist. Der Mann meiner Lehrerin aus der zweiten Klasse ist bei einem Autounfall ums Leben gekommen, aber den hab ich nie kennengelernt.«

Unfall

»Ich hab Susan ja auch nicht wirklich gekannt«, sage ich. Ich erzähle ihr nicht, dass ich mir letzte Nacht im Bett vorgestellt habe, wie ich zusammen mit Susan ertrinke. Die Vorstellung hat mich die halbe Nacht wach gehalten, bis Bodi im Schlaf anfing zu knurren und zu schnaufen und mich zum Glück von der Nummer ablenkte.

Ich überlasse Amy den Rest von meinem Sandwich und mach mir ein neues. Auf einmal platzt Matt in die Küche.

»Die Steine für unsere neue Terrasse sind gerade geliefert worden«, sagt er. »Der Lastwagen in unserer Auffahrt hat achtzehn Reifen! Wollen wir meine alten Actionfiguren vor die Räder stellen? Dann werden sie wie Trauben zerquetscht, wenn der Typ wieder wegfährt.«

So was muss man mich nicht zweimal fragen. Ich sage Amy, dass ich mit zu Matt gehe, aber sie hört kaum zu, weil sie schon wieder an ihrem Handy hängt.

Als Matt und ich seine alten Spielsachen vor den riesigen Reifen aufreihen, entdecke ich einen kleinen Plastik-Waschbären. Ich hatte genau so ein Ding auch mal, war ein Gimmick aus der Menü-Tüte eines Fastfood-Ladens. Der Waschbär ist zwar aus Kunststoff, aber seine warmen Augen erinnern mich an Bodi, und ich bringe es nicht übers Herz, ihn zerquetschen zu lassen.

Also werfe ich ihn zurück in Matts Spielzeugkiste und hole dafür ein paar dämlich grinsende Elfen raus.

durchdrehen

Matt und ich drehen total durch, als der Laster anfährt; der Fahrer hupt sogar ein paar Mal, dass uns fast die Ohren wegfliegen. Aber die Spielsachen sind nicht ganz so platt gequetscht, wie wir gehofft hatten. Also gehen wir in die Garage und gucken nach, was wir noch so nehmen könnten. Wir finden einen Sack mit Steinen und Tanyas altes Steinpolier-

platt quetschen

gerät, das wie ein Betonmischer aussieht. Wir schmeißen die Elfen rein und beim Herumwirbeln klingt es, als würden sie kreischen, dass man sie wieder rauslassen soll.

Aber das macht auch nicht so viel Spaß wie gedacht. Was nicht an Matt liegt, dem geht's super. Ich bin das Problem. Am Montag geht das Lern-Camp los und das liegt mir total schwer im Magen. Was, wenn ich da der Schlechteste bin? Ich muss schon in der Schule ziemlich ackern, um mithalten zu können – muss ich mich jetzt auch noch durch den ganzen Sommer durchschwindeln? Der Gedanke, dass jetzt noch einer mehr die Peitsche über mir schwingen und mich zum LERNEN antreiben wird, macht mich total irre – am liebsten würde ich zu den verrückten Elfen in den Betonmischer hüpfen.

Ich sage zu Matt, dass ich nach Hause muss. Den Rest des Nachmittags liege ich im Garten und starre, mit Bodi an meiner Seite, zu den Wolken hoch.

Dad versucht zu helfen

auf die Reihe kriegen

Dad sagt, ich soll mich an den Küchentisch setzen, damit wir den Plan für den nächsten Tag auf die Reihe kriegen.

»Ich lad dich dann um neun beim Camp ab«, verkündet er.

»Um NEUN? Das heißt ja, ich müsste schon gegen acht aufstehen!«

»Eher schon gegen sieben, würde ich sagen. Wir fahren eine halbe Stunde.«

auf jemanden einreden

Das Lern-Camp ist ja schon schlimm genug, aber jeden Tag eine Stunde im Auto sitzen zu müssen, während einer meiner Elternteile auf mich einredet, wie wichtig es ist, dass ich fleißig lerne, damit ich Erfolg habe – das geht ja gar nicht. Ich muss dringend meinen MP3-Player und meinen Kopfhörer finden.

Erfolg

Bodi macht kaum die Augen auf, als ich ihm den Knochen vom gestrigen Abendessen hinschmeiße, deswegen rufe ich zu Mom nach oben, sie soll ihn sich mal anschauen.

Sie kommt runter, Headset am Ohr, Handy in der Hand. Ich weiß nicht, ob das an ihrem Beruf liegt, aber sie ist überzeugt, dass man von Handys Gehirntumore kriegen kann, also benutzt sie immer ein Headset.

Nachdem sie das Gespräch mit ihrer Freundin beendet hat, schaut sie sich Bodis Augen an, tastet seinen Hals ab und seinen Bauch.

»Und, alles okay mit ihm?« Ich muss das zweimal fragen, bevor sie antwortet.

»Bodi ist jetzt dreizehn. Das ist schon ziemlich alt für einen Hund.«

Hoffentlich meint sie das nicht als Beispiel dafür, wie praktisch Mathekenntnisse im Alltag sein können. Aber Dad legt noch einen drauf. Zum Kotzen, dass Eltern immer meinen, sie müssten jedes Ereignis des Tages als Unterrichtsgrundlage benutzen.

»Sieben Hundejahre entsprechen einem Menschenjahr, stimmt's? Dreizehn mal sieben ist also …«

Er wartet auf meine Antwort wie ein FBI-Agent, der gerade einen Spion befragt. Zum Glück rettet mich Mom aus der peinlichen Situation. Ich hab nämlich keine Ahnung, was dreizehn mal sieben ist.

peinliche Situation

»Sieben zu eins, das hat man früher so als Faustregel benutzt«, sagt sie. »Heutzutage weiß man, dass auch Gewicht und Rasse eine große Rolle spielen. Ich schätze mal, Bodi ist so ungefähr achtzig.«

dankbar

Ich bin dankbar, der Matheaufgabe entronnen zu sein, aber dann verdirbt sie es doch wieder.

»Siehst du? Mathe ist extrem wichtig.«

Und dann schauen sie mich beide so verzweifelt grinsend an, dass ich meinen Kopf am liebsten am gefliesten Küchentresen zerschmettern würde.

»Mir geht's um Bodi, nicht um irgendwelche blöden Matheaufgaben«, sage ich.

Mom meint, mit Bodi wäre wahrscheinlich alles okay, aber sie würde ihn morgen Vormittag sicherheitshalber trotzdem mal durchchecken.

»Dann kann ich ja bestimmt nicht zum Camp«, sage ich. »Ich muss dir ja mit Bodi helfen.«

»Ob du's glaubst oder nicht, ich krieg das sehr wohl alleine hin«, gibt sie zurück. »Wenn du nach Hause kommst, ist Bodi längst mit allem durch und obenauf.«

Varianten

Ich versuche mehrere Varianten des Plans durchzuspielen, komme aber mit keiner durch. Aber vielleicht hat Bodi auch nur eine kleine Pause gebraucht. Als ich ins Bett gehe, folgt er mir ohne Zögern in mein Zimmer hoch.

Als ich am nächsten Morgen aufwache, sitzt Mom auf meinem Bett und streichelt Bodi.

»Geht's ihm gut? Ich kann wirklich gern heute zu Hause bleiben und mich um ihn kümmern!«

»Bodi geht's gut«, sagt sie. Sie holt eine Banane und einen Proteinriegel aus ihrer Tasche und gibt sie mir.

Protest

Ich überhöre die Protestschreie meiner Mutter und gebe Bodi die halbe Banane ab.

Als wir ins Auto steigen, nimmt Dad mir meinen Kopfhörer ab.

»Hey, endlich können wir mal richtig schön Zeit miteinander verbringen«, sagt er. »Ich dachte, wir könnten uns mal über eins der Bücher unterhalten, die du lesen musst.«

Ich versuche die Fahrgeschwindigkeit abzuschätzen, um den besten Zeitpunkt abzupassen, an dem ich mich aus dem Auto stürzen kann. Ich stelle mir vor, wie ich über die Straße kullere und mich dann den Rest des Sommers durch den Wald schlage und mich von Wurzeln und Beeren ernähre.

»Na, was meinst du? Derek?«

Ich stoße mit dem Kopf immer wieder gegen die Seitenscheibe. Als Dad sagt, ich soll aufhören, mache ich das Fenster runter, strecke den Kopf raus und drücke auf den Knopf, sodass die Scheibe auf dem Weg nach oben meinen Kopf einklemmt.

immer wieder

»Derek!«

Als ich die Scheibe wieder runtermache, höre ich das Radio, das Dad inzwischen eingeschaltet hat. Er schüttelt den Kopf – wahrscheinlich denkt er darüber nach, an welcher Stelle er als Vater wohl versagt hat. Ich bin froh, dass ich die Fahrt zu meinem Sommergefängnis wenigstens in Ruhe absitzen kann.

Na wenn das kein Spaß ist …

Nach der Anmeldung teilen uns die Campleiter in mehrere Gruppen ein. Meine heißt *Die Mustangs.* Wir bekommen gezeigt, wo wir unsere Habseligkeiten unterbringen können und wo die Arbeitsbereiche im Freien liegen. Schlimmer kann es wohl nicht mehr werden, denke ich – bis ich ein Mädchen entdecke, das am Anmeldetisch gerade ein Namensschild bekritzelt. Ich will schon zur Flucht ansetzen, da erblickt sie mich.

Anmeldung

Habseligkeiten

»Was machst *du* denn hier?«, fragt Carly.

»Das wollte ich dich auch gerade fragen.«

Sie zuckt mit den Schultern. »Meine Mutter muss arbeiten, deshalb bringt sie mich jeden Sommer in einem anderen Camp unter.«

Ich weiß, dass es nur eine Frage der Zeit ist, bis sie mich ins Kreuzverhör nimmt, also komme ich ihr zuvor. »Nach der Ferienleseliste brauchst du mich gar nicht zu fragen, ich hab noch nicht mal damit angefangen.«

»Ich hatte überhaupt nicht vor, dich irgendwas zu fragen.«

Sie lässt mich am Tisch stehen und geht zum Campleiter. Wahrscheinlich will sie sich da genauso als Liebling einschleimen wie bei unseren Lehrern an der Schule.

Eine Sekunde lang hatte ich beim Herfahren gedacht: Vielleicht gehöre ich zu den Schlauesten hier, vielleicht bin nicht ich derjenige, der die meiste Extra-Förderung brauchen wird. Ich hab es satt, mich immer wie ein altes, abgewracktes Pferd zu fühlen, das sich auf der Rennbahn abquält und von allen Seiten angefeuert werden muss. Ich hatte gehofft, im Lern-Camp könnte das mal anders aussehen. Aber die Begegnung mit Carly hat diese Hoffnung schnell zunichtegemacht.

Unsere Gruppenleiterin heißt Margot und erinnert mich an die Schauspielerin, die ich letzte Woche auf dem Horrorfilm-Set gesehen hab. Ich stelle mir vor, wie ihr Blut aus den Nasenlöchern und den Ohren schießt, und schon vergeht die Einführung wie im Fluge.

Enthusiasmus

»Erster Punkt auf der Tagesordnung: Erdkunde!« Margot legt so viel Enthusiasmus an den Tag, dass ich

geplatzte Ader

befürchte, ihr könnte wirklich eine Ader platzen.

Sie teilt uns Landkarten aus und sagt, wir sollen Kurzreisen zu verschiedenen Städten planen. Hier mein ganz persönliches Reiseziel: Egal-Wo-Hauptsache-Nicht-Hier.

Eine Stunde später verteilt Margot Eis am Stiel und gönnt uns eine Pause. Ich schaue mich um, ob auch jeder ein Eis gekriegt hat, dann sage ich, ich hätte keins bekommen, und staube ein zweites ab. Danach hole ich meinen Skizzenblock und die Stifte aus meinem Rucksack und freue mich auf eine Minute Ruhe.

Aber falsch gedacht.

»Kann ich mal sehen?«

Ich blicke hoch – da steht Margot, futtert Kartoffelchips und zeigt auf meinen Skizzenblock. Achselzuckend zeige ich ihr meine Zeichnungen.

»So machst du deine Wortschatzübungen? Coole Methode.«

Ich widme mich wieder meinen Bildern.

»Gibt's an eurer Schule auch jedes Jahr eine Leseliste? Boah, was hab ich die immer gehasst!« Sie hält mir die Chipstüte hin und ich nehme mir eine Handvoll.

kriminell

»Ständig wollen die einem vorschreiben, was man lesen soll«, fährt sie fort. »Echt kriminell ist das!«

»Genau!«, stimme ich ihr zu.

»Als ich so alt war wie du, wollte ich immer nur Garfield lesen und sonst nichts.«

»Ich mag Garfield, aber Calvin und Hobbes finde ich noch cooler.«

Sie nickt in Erinnerung an ihre Lieblings-Comics. »Bücher ohne Bilder machen überhaupt keinen Spaß.«

»Ich weiß genau, was du meinst.«

Ich wünschte, Margot würde bei uns einziehen und meine Eltern zur Vernunft bringen.

Sie schmeißt die Chipstüte in den Müll und wischt sich die Hände an ihren Jeansshorts ab. »Soll ich dir ein Geheimnis verraten?«

Ich nicke heftig, wie die Wackelkopffiguren, die Matt sammelt.

Wackelkopf-
figur

»Du scheinst viel Fantasie zu haben – die kannst du beim Lesen auch gut einsetzen. Weißt du, wann ich wieder Spaß am Lesen hatte? Als ich auf die Idee gekommen war, mir die Geschichte wie einen Film im Kopf vorzustellen. Visualisieren nennt man das. Magst du Filme?«

visualisieren

»Klar doch.« Ich erzähle ihr, dass mein Vater beruflich Film-Storyboards malt.

»Perfekt. Dann stell dir jedes Kapitel wie eine Filmszene vor. Mach die

Augen zu, dann siehst du, wie die Figuren in deinem Kopf die Handlung durchziehen.« Margot wühlt in ihrem Rucksack und holt einen Roman heraus.

»Das kann ich nicht lesen«, sage ich. »Ist mir viel zu schwer.«

»Das schaffst du schon, du musst dir nur Zeit lassen. Aber du musst es nicht selber lesen – ich werd's dir vorlesen.«

Als ich aufschaue, steht da Carly und starrt Margot und mich an. Grinsend formt sie »Schleimer« mit den Lippen.

Ich schiebe mich von Margot weg, als würde mich das, was sie sagt, null interessieren. Aber dann sieht sie Carly und winkt sie zu uns rüber. Na klasse.

»Deine Freundin kann gerne auch zuhören«, sagt Margot.

wie aus
einem Munde

»Wir sind nicht befreundet!«, rufen Carly und ich wie aus einem Munde.

»So, und jetzt macht mal beide die Augen zu.«

Carly und ich tun, wie uns geheißen, und Margot liest uns aus ihrem Buch vor - einen Abschnitt über eine Familie, die am Strand spazieren geht.

»Stellt euch das Meer vor«, sagt Margot. »Spürt die Wellen, die euch über die Füße schwappen. Hier steht, es war ein bewölkter Tag - könnt ihr die Wolken sehen?«

Ich spitzele zu Carly rüber, ob sie die Augen auch wirklich geschlossen hat: Ja, hat sie. Ich mache meine auch wieder zu und lausche, wie Margot die Hauptfigur beschreibt, die Steine ins Wasser wirft.

Ein Teil von meinem Gehirn beschäftigt sich noch damit, was die anderen Kinder wohl gerade tun, aber im Großen und Ganzen bin ich echt bei der Geschichte. Immer weiter entfaltet sie sich in meinem Kopf, und als Margot am Ende des Kapitels Fragen zum Text stellt, ist Carly nicht die Einzige, die alle beantworten kann.

Abschied von Matt

Auf dem Weg zu Matt laufe ich bei der Tennisanlage Joe Brennan über den Weg. Er winkt mich zu sich rüber, also stelle ich mein Fahrrad am Bordstein ab.

allergisch

»Was hältst du davon – ein Schimpanse, der gegen Bananen allergisch ist«, sagt er. »Na, was meinst du?«

Ich meine, dass ich noch nie so was Blödes gehört habe, aber Joe hat einen riesigen Stein in der Hand, also sage ich, ich fände die Idee genial. Er schmeißt den Stein mit einer Hand in die Luft und fängt ihn mit der anderen auf.

»Der Affe wird am Ende zum besten Kletterer seines Stamms, weil er gelernt hat, sich Erdnüsse statt Bananen zu holen.«

Stamm

»Erdnüsse wachsen nicht auf Bäumen.« Als ich Joe widerspreche, lasse ich den Stein in seiner Hand nicht aus den Augen. »Die wachsen unter der Erde, an Wurzeln.«

»Das stimmt nicht.«

»Doch.« Ich komme mir vor wie im Kindergarten. Ich weiche ein paar Schritte zurück. »Und Affenfamilien heißen nicht Stämme, sondern Horden.«

Joe lässt den Stein immer langsamer von einer Hand in die andere hüpfen. »Schimpansenhorden? Das ist doch Schwachsinn, Affen horden doch gar keine Vorräte und so.«

»Du meinst *horten* mit t«, sage ich. »Aber wäre doch vielleicht lus-

kollaborieren

Pranken

tig für deine Geschichte: eine Horde Affen, die Vorräte hortet.« Wieso verschwende ich eigentlich meine Zeit darauf, mit einem Hirnamputierten zu kollaborieren?

Auf einmal ruht der Stein – und wirkt in Joes fleischiger Pranke, als wäre er fünfzig Kilo schwer. »Seit wann bist du denn so oberschlau?«, fragt Joe.

»Nur weil ich mich in der Schule schwertue, heißt das noch lange nicht, dass ich doof bin.« Ich schwinge mich aufs Fahrrad und rolle damit auf dem Bordstein vor und zurück. »Außerdem ist meine Mutter Tierärztin. Ich weiß ziemlich viel über Tiere.«

»Klar, weil du selber ein Tier *bist.*«

Ich nicke, als hätte Joe einen tollen Witz gemacht, aber insgeheim denke ich, wir sind alle Tiere, du Blödmann. Ich sage zu ihm, dass ich leider leider (Möööp! Wieder ein Lüge) nicht mehr bleiben und mit ihm quatschen kann, weil ich zu Matt muss.

»Vielleicht benutze ich deine Idee mit den Affen sogar«, ruft Joe mir hinterher. »Aber mach dir keine Hoffnungen, ich werd dich nicht in der Danksagung erwähnen!«

Als ich an der Schule vorbeifahre, muss ich an Pedro denken. Der hat keine Horde und keine Affenfamilie mehr und gar nix. Ob die Frau aus Venice Beach ihn mal wieder zum Durchchecken zu Mom bringt? Wenn Pedro will, könnte ich ihn in unsere Recyclingtonne packen und ihn die Straße runterrollen. Das würde ich echt gern machen.

Das Auto von Matt ist vollgestopft mit Koffern und Taschen und dem ganzen Zeug für den Urlaub. Er sagt, sie fliegen von Los Angeles nach Boston, fahren dann nach Cape Cod und setzen

zurücklassen

von dort mit der Fähre nach Martha's Vineyard über. Ich bin traurig und das hat mehrere Gründe – einmal weil mein bester Freund mich zurücklässt, dann weil meine Familie überhaupt nirgendwohin in Urlaub fährt, und schließlich vor allem weil mein Sommer aus Arbeit, Arbeit und noch mal Arbeit bestehen wird.

»Ach, so schlimm wird's im Camp bestimmt gar nicht werden«, sagt Matt. »Jamie war in deinem Alter auch schon mal da und sagt, es war ganz okay.«

Formel

»Das war der schlimmste Sommer meines Lebens!« Jamie stopft eine weitere Tasche ins Auto. »Eine Stunde Mathe, dann zehn Minuten Körbe werfen – so was nenne ich die perfekte Formel zum Unglücklichsein.«

So wie's aussieht, hilft Jamie nur beim Packen, fährt aber nicht mit in den Urlaub. Seine Mutter bläut ihm zehnmal ein, was er in ihrer Abwesenheit tun muss und auf keinen Fall tun darf. Ich schäme mich ein bisschen fremd, weil er so dastehen und ihre Anweisungen über sich ergehen lassen muss, aber andererseits bin ich froh, dass ich nicht der Einzige bin, der wie ein Kleinkind behandelt wird.

Matt zieht mich beiseite. »Wenn's auf der Insel das erste Mal regnet, geh ich schnurstracks in die nächste Bücherei.«

»Aha?« Bin ich etwa der Einzige hier, der sich nicht mit der Ferienleseliste abfinden kann, oder was?

Matt kann Gedanken lesen. »Ich meine nicht wegen der Leseliste, du Doofkopp. Ich will mal schauen, ob ich was über Susan James rausfinde.«

Jetzt ist es nicht nur so, dass mein bester Freund abhaut, jetzt erlebt er auch noch mein Abenteuer.

Nachdem sie weggefahren sind, rennt Jamie sofort ins Haus und dreht die Stereoanlage auf volle Lautstärke hoch. Ich bleibe noch minutenlang draußen stehen und warte ab, ob er mich reinbittet, aber er tut's nicht. Also fahre ich wieder nach Hause und versuche unterwegs verzweifelt rauszukriegen, wie der Sommer sich aus der ehemals besten Zeit des Jahres in die mit Abstand schrecklichste verwandeln konnte.

Susans Website

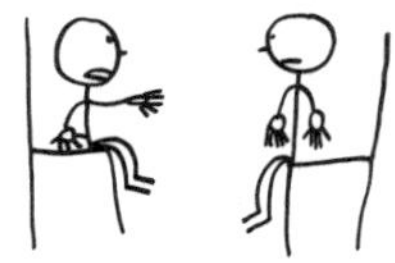

Konferenz

Am Samstag muss Mom zu einer Tierärzte-Konferenz, also schaue ich mir YouTube-Videos an, während Dad arbeitet. Er zeigt mir das Storyboard, an dem er gerade zeichnet, und erklärt mir, wie die Regisseurin es einsetzen wird, um Kamerawinkel und Aufnahmen zu planen.

Ich weiß, dass es nur eine Frage der Zeit ist, bis er auch über dieses Thema wieder auf mein Leben zu sprechen kommt. Wenige Sekunden später ist es dann schon so weit.

»Ist genau wie bei den Zeichnungen,

die du machst. Und, haben sie dir was genützt?«

»Ich mache sie nicht, damit sie mir was nützen, sondern weil es Spaß macht.«

Ich schlurfe wieder zurück zur Couch und dem Laptop. Heute ist Samstag – könnte man mich bitte wenigstens diesen einen Tag mit Schule und Lernen und so was verschonen?

Archiv

Ich schreibe schnell eine Mail an meine Großmutter in Boston, dann mache ich das Garfield-Online-Archiv auf. Ich weiß echt nicht, was ich ohne Garfield, Calvin und die ganzen anderen Comictypen machen würde. Garfield erinnert mich an Margot; eine Woche ist es jetzt her, dass Carly und ich ihre Geschichte visualisiert haben. Wenn ich mal wieder was lese – wann auch immer das sein mag –, mach ich das wieder. Die Strand-Szene aus

Margots Buch erinnert mich wiederum an Susan James. Ich gebe ihren Namen in die Suchmaschine ein. Nachdem ich etwa eine Million unnützer Seiten weggeklickt hab, entdecke ich eine Website, die in Erinnerung an Susan erstellt wurde. Da sind ganz viele Fotos und Sachen, die ihre Angehörigen gesagt haben.

Susan schaut mir vom Computerbildschirm entgegen – ein Mädchen mit langen braunen Haaren, einem breiten Lächeln und einer Red-Sox-Mütze auf dem Kopf. Auf einem anderen Bild posiert sie neben vier anderen athletischen Mädchen mit einem Hockeyschläger in der Hand. Ich lese, sie sei eine sehr gute Schülerin gewesen, habe nach der Schule ihren Nachbarn geholfen, ihren jüngeren Bruder sehr geliebt und Klavier gespielt. Wenn man tot ist, dann erzählt wohl keiner, dass

athletisch

man im Bett immer gepupst oder mit vollem Mund geredet hat.

Auf der letzten Seite ist ein Gästebuch eingerichtet. Ich scrolle die meisten Einträge durch und lese, was Schulkameraden und Lehrer über Susan geschrieben haben. Sie ist jetzt schon seit einem Jahrzehnt tot, aber der letzte Eintrag ist erst ein paar Monate alt. Es gibt anscheinend Leute, die sie immer noch vermissen.

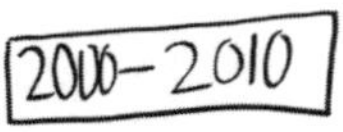

Jahrzehnt

Als ich aufblicke, wird mir klar, dass ich schon seit einer Stunde hier sitze und lese. Einerseits bin ich stolz auf diese Leistung, andererseits würde ich am liebsten aufspringen, mich aufs Fahrrad schwingen und zum Hafen runterfahren, wo so ein silbern angesprühter Typ wie ein Künstlermodell für ein paar Münzen die ganze Zeit still steht. Mir geht schon lange ein bestimmter Gedanke nicht mehr aus

Künstlermodell

dem Kopf. Bisher hat er nur im Hinterkopf vor sich hin geköchelt, jetzt bricht er sich Bahn bis an die Oberfläche. Diese ganzen Leute, denen Susan fehlt, ihre Freunde Lauren und Danny und so weiter – es ist meine Schuld, dass sie sie vermissen.

Kein Mensch, der sich auf der Website verewigt hat, weiß, dass es mich gibt, aber ich bin das fehlende Bindeglied zwischen Susan und ihrem Verlustschmerz. Etwas Dunkles ballt sich in meiner Brust zusammen. Ich hätte wissen müssen, dass dieser Tag die reinste Katastrophe wird – wer außer mir ist auch so bescheuert, an einem Samstag Denkarbeit zu leisten?

Katastrophe

Ich starre minutenlang auf den Bildschirm, dann kratze ich allen Mut zusammen und tippe auch einen Kommentar ein.

Liebe Susan,
was hast du dir bloß dabei gedacht? Du hattest doch Familie und Freunde, die dich geliebt haben und die wichtiger waren als so ein Zweijähriger, den du gerade erst kennengelernt hattest. Ich kenne Fotos von mir in dem Alter – okay, ich war niedlich, aber sooo niedlich nun auch wieder nicht.

Was mich am allermeisten belastet: Erwartet man von mir, dass ich als erwachsener Mann Kriege verhindere oder neue Energiequellen erschließe, nur weil du mir als Kleinkind das Leben gerettet hast? Darf ich trotzdem ein ganz normaler Junge sein, der haufenweise Fehler macht, vielleicht sogar mehr Fehler als ein Durchschnittskind? Ich glaube, ich will damit Folgendes sagen: Ich hab dich nicht darum gebeten, mich zu retten, aber ich bin froh, dass du es getan hast.

Ich drücke die Enter-Taste und schaue zu, wie mein Beitrag in Zeit und Raum entschwindet.

Die Liebe zum Film ist erblich

Ich mache mit Margot einen Deal: Ich lese ein Kapitel von einem der Bücher auf meiner Leseliste, dafür gönnt sie allen Mustangs eine Atempause und erspart uns den Freitag, der dem Thema »Bruchrechnen« gewidmet ist. Ich hab zwar null Lust auf Lesen, aber noch viel weniger Lust hab ich auf so einen bekloppten Wettbewerb gegen eine der anderen Camp-Gruppen, in dem es um Bruchrechnen und Teilmengen und so einen Schrott geht.

Teilmenge

Ich setze mich mit Bodi auf mein Bett und versuche zu visualisieren, so wie Margot es Carly und mir beigebracht hat. Ohne Margot ist das schwerer, aber ich lasse mir Zeit und gebe mir Mühe, mir jede Kleinigkeit der Geschichte vorzustellen. Ich versuche sogar zu prophezeien, was in der nächsten Szene passiert. Ich schaffe das halbe Kapitel, dann brauche ich eine Pause.

prophezeien

Bodi stemmt mir die Vorderpfoten auf die Brust und ich sauge die frische Brise ein, die durch mein offenes Fenster hereindrängt. Dann greife ich mir Stifte und Zeichenblock und gehe alle Zeichnungen durch, die ich in den Ferien bisher gemacht habe. Beim Durchblättern kommt mir eine Idee. Ich halte den Block mit einer Hand und lasse die Blätter wie bei einem Daumenkino durchflippen, und auf einmal kommt mir die Geschichte meiner Sommerferien wie ein Film vor: Mom, wie

gierig

sie über die Wäsche hechtet, ich, wie ich auf dem Dachboden herumstöbere ...

Ein bisschen fühle ich mich wie Carly, wenn sie gierig drauf wartet, sich auf den nächstbesten Lehrer zu stürzen: Ich kann's kaum erwarten, Margot mein Vokabel-Daumenkino zu zeigen. Aber erst mal muss ich das jemand anderem zeigen.

den Garaus machen

Dad macht gerade dem Unkraut entlang der Auffahrt den Garaus. Als ich ihm meine neueste Erfindung vor die Nase halte, nimmt er den Kopfhörer ab, wischt sich die verschwitzten Hände ab und blättert den Skizzenblock selber durch.

»So was hab ich in deinem Alter auch ständig gezeichnet«, sagt er. »Schade, dass ich nicht draufgekommen bin, auf die Art Vokabeln zu lernen. Vielleicht hätte mich Mrs Patrick dann nicht so oft anschreien müssen.«

Ich rubbele die Ecken meines Blocks sauber, die Dad mit seinen Gartenfingern schmutzig gemacht hat.

»Kriegst du da nicht gleich Lust, dich auf deine Leseliste zu stürzen und den ganzen Block mit neuen Wörtern zu füllen?«, fragt Dad.

Und wutsch! ist meine schöne neue Erfindung vergiftet – weil sie mit Arbeit in Verbindung gebracht wurde. Ich gehe wieder ins Haus, um meine Zeichensachen wegzupacken. Auf dem Dachboden ist es brüllend heiß, aber ich stöbere die Kisten mit Weihnachtsschmuck und -beleuchtung auf und hole mir dann Henry von nebenan zu Hilfe. Gemeinsam schmücken wir die Bäume und Büsche im Vorgarten, selbst den Stamm der Palme, die neben unserer Einfahrt wächst. Ich stöpsele die Stecker ein, und dann lehnen wir uns gemütlich zurück und genießen die Blinklichtshow.

vergiftet

Weihnachts-
schmuck

Das gäbe bestimmt auch eine coole Szene für mein Daumenkino ab – falls ich je beschließen sollte, wieder was zu zeichnen.

James Bond mal ganz anders

illegal

Eigentlich sollte es illegal sein, Kinder zum Mathe-Üben zu zwingen, wenn es draußen 30 Grad heiß ist und auf dem Kalenderblatt »August« steht. Als ich am Tor des Gefängniscamps darauf warte, dass Mom mich abholt, sehe ich Carly nur ein paar Meter von mir entfernt. Die meiste Zeit im Camp verbringt sie mit drei Mädchen, die zwischen den Unterrichtseinheiten immer Cheerleader-Sachen einstudieren. Wir haben uns ein paar Mal über den Schuligel Ginger unterhalten, mehr Kommunikation hat nicht stattgefunden.

Als Mom neben mir hält, kommt zu meiner Überraschung auch Carly angeschossen.

»Was willst du denn hier?«, frage ich.

Meine Mutter übernimmt das Antworten. »Maria hat mich heute angerufen und gefragt, ob ich Carly mitnehmen könnte. Bis wir zu Hause sind, ist Maria dann auch von der Arbeit da.«

Zum Glück beansprucht Carly nicht den Beifahrersitz, sondern schlüpft nach hinten durch. Wir sind noch gar nicht auf der Landstraße angekommen, da fragt Mom Carly schon, wie sie mit der Ferienleseliste vorankommt.

»Ich versuche Derek immer wieder klarzumachen, dass ihm das eine oder andere Buch von der Liste bestimmt Spaß machen würde«, sagt Carly. »Das eine Buch mit dem Jungen und seinem Hund zum Beispiel, die eines Tages diesen Mann treffen, der …«

»Ich hab einen anstrengenden Tag hinter mir, könnten wir vielleicht über was anderes reden?«, gehe ich dazwischen.

Carly wechselt also das Thema und erzählt von ihrer Mutter, die Landschaftsgärtnerin ist. Und als wir vor ihrem Haus ankommen, wird mir klar, dass sie nicht übertrieben hat, was die Fähigkeiten ihrer Mutter angeht. Rosa Hibiskusblüten ranken sich am Zaun entlang und riesige Rosmarinbüsche umgeben die beiden Palmen rechts und links der Eingangstür (was das für Pflanzen sind, muss Carly mir erklären). Der Duft verlockt mich zum Aussteigen, aber ich bitte Mom trotzdem, im Auto warten zu dürfen. Sie sagt, Carlys Mutter käme bestimmt gleich, und besteht darauf, dass ich mit Carly reingehe und warte.

übertrieben

»Das war übrigens nicht meine

Idee«, raunt mir Carly zu, während sie die Tür aufschließt. »Nur für den Fall, dass du das denken solltest.«

Es dauert wirklich nicht lange, bis Carlys Mutter in ihrem kleinen roten Pick-up auftaucht. Sie hat lange dunkle Haare, genau wie Carly. Als Mom die Einladung zu einem Glas Eistee annimmt, wird mir klar, dass wir hier noch wesentlich länger als eine Minute festhängen werden.

Carly fragt, ob ich Ginger sehen möchte. Ich folge ihr ins Esszimmer, wo der Igelkäfig den größten Teil des Tisches einnimmt. Ginger knabbert an einer Karotte, die Carly ihr gibt, dann spaziert sie in die andere Käfigecke rüber.

»Meinst du, deine Mutter würde mal einen Blick auf sie werfen?«, fragt Carly. »Ich will nur sichergehen, dass mit Ginger alles okay ist. Sie hat gestern irgendwie nicht so richtig fressen wollen.«

Sie reicht mir einen Handschuh - wahrscheinlich einen von der Sorte, wie ihre Mutter sie bei der Gartenarbeit benutzt -, und ich hole Ginger aus dem Käfig raus und halte sie so, wie die es uns in der Schule beigebracht haben.

Dann kommt Mom rein und untersucht Ginger. »Ich hab seit Jahren keinen Igel mehr als Patienten gehabt«, sagt sie danach. »Ich bin auch kein Igelexperte. Aber wenn du sie mal in die Praxis bringst, kann ich einen Kollegen mit mehr Erfahrung dazuholen. Vielleicht leidet Ginger unter dem Umzug; Igel mögen es nicht, wenn sie ihren Standort wechseln müssen.«

Kollege

Carly nickt und ich setze Ginger wieder in ihren Käfig. Mom und Mrs Rodriquez gehen zurück in die Küche.

»Hey, willst du mal sehen, was ich mir ausgedacht hab?«, fragt Carly.

»Klar«, brumme ich, aber insgeheim denke ich: *Wenn das was mit Puppen, Puppengeschirr oder Karaoke zu tun hat, grapsche ich mir gleich die riesige Grünlilie aus dem Wohnzimmer und schmeiße sie durchs Fenster raus, dass sie auf dem landschaftsgegärtnerten Rasen landet, und dann renne ich nach Hause, ohne mich auch nur ein einziges Mal umzusehen, das schwöre ich.*

Carly führt mich in den Keller runter, wo ihr Spielzimmer liegt. Das ganze Zimmer ist von oben bis unten und kreuz und quer von Angelleinen durchzogen. Und weil Angelschnur durchsichtig ist, sind die Dinger beinahe unsichtbar. Es sind mindestens fünfzig Strippen, und alle wurden mit transparentem Klebeband an den Wänden festgeklebt.

unsichtbar

»Das hast du selber gemacht?«, frage ich.

Sie zeigt auf die andere Seite des Zimmers, wo eine umgedrehte Glasschüssel auf einem mit lila Samt bezogenen Hocker thront. »Ich tue so, als wäre das hier ein berühmtes Museum und das da drüben der größte Diamant der Welt.« Sie deutet mit dem Kopf auf die gespannten Angelleinen. »Das ist das Alarmsystem und ich bin ein Meistereinbrecher. Ich muss zum Diamanten gelangen, ohne einen Alarm auszulösen.«

Ich würde das Carly natürlich nie verraten, aber ich bin schwerst beeindruckt. Sie wirft mir eine schwarze Skimaske zu und sagt, ich soll es mal versuchen. Ich ziehe mir die Maske über und lege los. Unter der ersten Schnur schlängele ich mich limbomäßig und ohne Probleme durch, aber schon die zweite streife ich mit einer Schulter. Ich darf noch drei erfolglose Versuche starten, dann will Carly selber wieder ran.

Kreuzung

Sie stülpt sich die Maske über, holt einmal tief Luft und schiebt sich dann wie eine Kreuzung aus Katze und Sportgymnastin durch den Raum. Irgendwie muss ich bei ihrem Anblick an Joe Brennan und seine blöden Fantasiegeschichten denken. Aber es ist nicht Joe, dem ich das hier gerne zeigen würde, sondern Matt. Matt und ich könnten das locker mehrere Stunden lang spielen.

Gespinst

Carly schafft es durch das komplizierte Gespinst aus »Sensorenfäden« bis hinüber zum Hocker. Unter der letzten Angelschnur schlängelt sie sich so geschmeidig durch, als wäre sie eine Limbostange, dann biegt sie sich – in Zeitlupe – wieder nach oben und greift nach dem falschen Diamanten.

Ich klatsche Beifall.

Carly stellt die Glasschüssel wieder auf den Hocker und nimmt die Skimaske ab. »Ich hatte aber auch viel Zeit zum Üben«, sagt sie. »Willst du's noch mal versuchen?«

Diesmal ziehe ich meine Turnschuhe aus, bevor ich mir die Maske aufsetze. Als Mom zum Aufbruch drängt, frage ich sie, ob wir nicht noch ein bisschen bleiben könnten. Sie ist überrascht, sagt aber Ja. Carly zeigt mir ein paar Tricks und Kniffe, und als ich eine Stunde später tatsächlich gehen muss, habe ich es zweimal geschafft, den Diamanten zu klauen.

Ein letztes Mal schaue ich mich im Zimmer um. »Du hast das echt alles selber gemacht UND du hast die ganzen Bücher von der Leseliste gelesen?«

Carly zuckt mit den Schultern. »So schwer war das gar nicht.«

Ich finde das irgendwie unfair. Soll mein Sommer wirklich so aussehen – dass ich mich vor der größten Streberin der Schule blamiere?

Anruf von Matt

Es ist Donnerstagabend und Amys Lieblingsfernsehserie läuft gerade, also kann ich völlig unbemerkt auf dem Boden liegen und Bodi den Bauch kraulen. Er ist wieder ganz der Alte, aber Mom sagt, er sollte sich trotzdem lieber schonen. Ich wünschte, sie würde auch mal daran denken, MICH zu schonen.

In den Werbepausen ruft Amy immer ihre beste Freundin Tina an, und dann gibt's an beiden Enden der Leitung tausend Aaaahs und Ooochs zu dem berühmten Schauspieler, der den Arzt in ihrer blöden Serie spielt. Ich würde

berühmt

Reaktion

am liebsten aufs Dach klettern und die Satellitenschüssel umlegen, damit sie den Schrott nicht mehr sehen kann, aber draußen regnet's gerade, und Amys Reaktion ist es mir nicht wert, bis auf die Knochen nass zu werden.

Ich nehme den Schlüssel und sperre Moms Praxis auf. Die Empfangsdame hat immer eine Dose Hundekekse auf dem Schreibtisch, davon grapsche ich mir ein paar, für Bodi später. Ich schaue nach, ob Pedro zufällig da ist, ist er aber nicht.

Fünf Hunde sitzen in großen Metallkäfigen im hinteren Zimmer. Als ich durch die Schwingtür reinkomme, fangen sie an zu bellen, also tue ich das, was ich immer tue, wenn ich sie beruhigen will – ich gebe ihnen Leckerlis. Dann krieche ich in einen der leeren Käfige. Diesmal ist ein Dalmatiner mein Nachbar.

Ich liege da in dem Käfig und fahre mit den Fingern die Gitterstäbe ab. Das erinnert mich an das Gitter vor Jamies Laden, und ich überlege, ob er es wohl genießt, seine Familie ein paar Wochen nicht sehen zu müssen. Über Jamie komme ich auf Matt, und er fehlt mir. Als hätte das Matt wiederum an mich erinnert, steht plötzlich Amy in der Praxistür.

»Telefon für dich. Dein Freund.« Sie wirft mir das schnurlose Telefon zu. »Klasse, du hockst in einem Käfig. Genau da gehörst du auch hin.«

Ich erzähle Matt, dass ich gerade an ihn gedacht habe. Während er mir vorschwärmt, wie er Karussell und Kajak gefahren ist und gestern Abend am Hafen Fish & Chips gegessen hat, starre ich an die Käfigdecke und versuche nicht depressiv zu werden angesichts meines Sommers mit

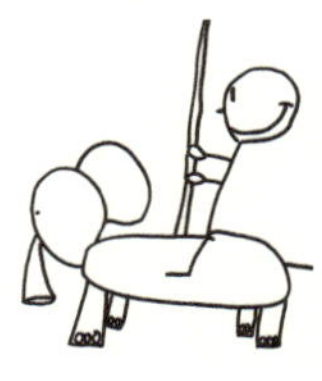

Karussell

»Baseball-Mathe« und gezeichneten Wortschatz-Wörtern.

»Aber jetzt die eigentliche Neuigkeit«, sagt Matt. »Wir waren in South Beach, genau an dem Strand, wo deine Babysitterin dich vor dem Ertrinken gerettet hat.«

Ich werfe einem Beagle einen Hundekeks zu, damit er mit dem Gewinsel aufhört. »Und, wie war's?«

»Gewaltige Wellen und eine superstarke Strömung. Echt gefährlich für einen Zweijährigen. Du hast Glück gehabt.«

gewaltig

Ich drücke die Stirn gegen die kühlen Metallgitterstäbe. Keine Ahnung, ob Susan James eine Heldin oder eine Idiotin war. Vielleicht ein bisschen was von beidem.

»Nächste Woche ist hier Jahrmarkt«, sagt Matt. »Versuch deine Mom zu überreden, dass ihr einen Ausflug hierher macht. Wird 'ne Riesennummer.«

»Keine Zeit, bin mit Matheaufgaben und Aufsatzschreiben ausgebucht.« Der Beagle fängt an zu bellen, weil er noch einen Keks will. Ich klettere aus dem Käfig und schneide bescheuerte Grimassen, bis er aufhört.

»Und was hast du sonst noch so vor?«, fragt Matt. »Außer das Lern-Camp zu hassen?«

Ich erzähle ihm, dass unsere Gruppenleiterin gar nicht so übel ist. »Außerdem findet sie meine Zeichnungen cool.«

Als Matt fragt, ob ich andere aus dem Camp kenne, antworte ich beinahe, dass Carly auch da ist, aber dann tue ich's doch nicht. Wenn Matt wüsste, dass ich bei ihr zu Hause war, würde er sich schnurstracks in den nächsten Flieger setzen, um mich zu retten.

schnurstracks

Matt berichtet noch, er hätte einen Überflieger-Skateboarder auf der Insel kennengelernt, der ihm mehrere neue Moves gezeigt habe. Ich freue mich für ihn, bin aber auch neidisch, weil er mit jemand anderem mehr Spaß hat als mit mir.

»Muss jetzt Schluss machen«, sagt Matt. »Heute Abend gibt's am Strand ein Feuerwerk.«

Dieser Sommer kotzt mich an! Statt ins Haus zu gehen, klettere ich über die Veranda aufs Garagendach. Meine Ferien sind schon fast halb um und ich hab noch nicht ein einziges spaßiges Erlebnis gehabt! Das ist doch ätzend!

Als ich die Tür aufgehen höre, weiß ich, was jetzt gleich kommt.

»Derek!«, schreit Amy. »Komm sofort da runter, sonst sage ich deiner Mutter, dass du wieder an meinem Geldbeutel warst.«

Es regnet zwar immer noch, aber ich ziehe trotzdem einen Turnschuh aus und werfe ihn nach der Satellitenschüssel. Volle Punktzahl!

Kreischend rennt Amy ins Haus, um nachzuschauen, ob ich ihr ihre tolle Serie zerstört habe.

Okay, ich hab hier zwar keinen Strand, aber immerhin so was Ähnliches wie ein Feuerwerk.

Zwei E-Mails

Als ich einmal vom Camp heimkomme, finde ich auf dem Rechner eine Mail von meiner Großmutter, in der steht, dass sie es kaum erwarten kann, uns mal wieder zu besuchen. Mein Großvater ist vor drei Jahren gestorben, und seither verbringt sie ihre Tage meist damit, mit ihren Freundinnen zum Bowling zu gehen – lauter alte Damen, die sich die Haare färben und dicke Klunker tragen, um so zu tun, als wären sie gar nicht alt. Grandma kennt sich mit Photoshop aus, sogar besser als Dad, und sie hängt an jede Mail eine lustige

Zeichnung dran, die sie am Computer gemacht hat.

unbekannt

Der Absender der zweiten Mail an diesem Tag ist mir unbekannt, aber schon nach dem Lesen der ersten Zeile weiß ich, worum es geht.

Hallo Derek,
tausend Dank für deinen Eintrag ins Gästebuch unserer Tochter. Bist du Derek Fallon aus Kalifornien? Wenn ja, dann richte deiner Mom bitte schöne Grüße aus. Susan ist im Herzen immer bei uns, und es tröstet uns zu erfahren, dass sie auch anderen Menschen viel bedeutet hat. Ich bin sicher, du bist ein großartiger Junge und Susan schaut aus dem Himmel stolz zu dir herunter.
Viele Grüße,
Madeline James

Ich lese die E-Mail vier Mal durch. Warum ist diese Frau so nett zu mir? Wenn Susan wirklich aus dem Himmel zu mir herunterschaut, dann höchstens mit Wutblitzen in den Augen, weil sie nur dran denken kann, wie viel Spaß sie auf Erden verpasst. Ein Wunder, dass sie nicht als Geist hier aufkreuzt und mich vor einen Zug schubst oder so.

Schutzengel

Ich hab Susan bisher nie als meinen Schutzengel gesehen; kann es wirklich sein, dass sie immer noch auf mich aufpasst? Ich starre auf meine eingegangenen Mails, schalte immer zwischen der von Mrs James und der von Grandma hin und her. Und dann schlägt eine geniale Idee ein. Ich marschiere zu Mom in die Küche.

»Grandma scheint ziemlich einsam zu sein«, sage ich.

Mom klopft gerade Hähnchenschnitzel fürs Abendessen weich. Für jemanden, der sein Leben der Rettung von Tieren gewidmet hat, geht sie mit toten Tieren ziemlich gnadenlos um, schießt es mir durch den Kopf.

gnadenlos

»Ja. Ich hatte gehofft, wir könnten sie diesen Sommer mal besuchen fahren«, sagt sie. »Aber dann müsste ich die Praxis schließen, weil ich keinen Ersatz kriege. Ich hab Grandma gegenüber schon ein richtig schlechtes Gewissen.«

Anscheinend hat sie nicht genug nachgedacht, bevor sie mir geantwortet hat. Das eröffnet mir die Chance, meinen Plan sofort in die Tat umzusetzen.

»Ich finde das schlimm, Grandma den ganzen Sommer über nicht zu sehen. Sie fehlt mir. Echt, sehr sehr.« Ich überlege schon, ob das nicht zu übertrieben war, aber Mom lässt den

Schnitzelklopfer sinken und neigt nachdenklich den Kopf.

»Mir fehlt sie auch«, sagt sie. »Wie wär's, wenn wir im Herbst mal einen Ausflug nach Neuengland machen?«

Ich frage mich, ob Mom mich auf den Arm nehmen oder mit einem Hey-das-heißt-für-dich-ein-paar-schulfreie-Tage-extra-Angebot mundtot machen will. Aber ich beschließe, bei meinem Ursprungsplan zu bleiben.

»Oktober ist noch so lange hin. Ich hab sie schon seit einem Jahr nicht gesehen, ich vermisse sie wirklich sehr.«

Mom starrt zum Fenster raus, und dieses eine Mal kann ich mich beherrschen und schweigend abwarten.

»Du hast recht«, sagt sie schließlich. »Ich stelle meinen Arbeitsplan um. Auch wenn wir dadurch nur ein paar Tage mit Grandma rausschlagen können – immer noch besser als gar nichts.«

Ich springe auf und umarme meine Mutter. Ich weiß, dass es besser wäre, mit Phase zwei meines Plans bis heute Abend oder noch besser bis morgen zu warten, aber mein Mund arbeitet mal wieder schneller als mein Gehirn. »Vielleicht kann ich mich ja auch mal mit Matt treffen, wenn wir dann bei Grandma sind.«

Keine Ahnung, ob es an ihrer Tierarzt-Intuition oder einfach an ihrem Mutterinstinkt liegt, aber auf jeden Fall riecht Mom jetzt doch eindeutig Lunte. »Darum geht's dir also? Du willst nur zu Grandma, weil du deinen Freund vermisst?« Und als sie jetzt Phase zwei meines Plans durchschaut, verzerrt sich ihr Gesicht vor Wut. Wieso konnte ich nicht ein bisschen mehr Geduld haben? »Bitte sag mir, dass das nichts mit Susan James zu tun hat!«

Nein, mir ginge es nur um meine Großmutter, beteuere ich. »Sie hat mir heute eine E-Mail geschickt – sie vermisst mich.« Ich mache den Fehler, auf den Laptop zu zeigen.

Als Mom die geöffnete E-Mail von Susan James' Mutter sieht, bricht das größte MomDad-Donnerwetter aller Zeiten über mich herein. Es dauert mehrere Minuten, bis sie aufhört zu schimpfen.

»Ich vermisse Grandma wirklich ... Ich dachte nur, wir könnten gleich zwei Fliegen mit einer Klappe schlagen und eben auch nach Martha's Vineyard fahren«, gestehe ich.

Als Mom mich auf mein Zimmer schickt, gehe ich ohne Protest. Und mit dem Laptop.

Nur weil Mom meinen schönen Plan

durchkreuzt hat, heißt das ja nicht, dass ich nicht trotzdem Grandma dazu bringen kann, Mom zu einem Besuch zu überreden.

Waffenstillstand

Am nächsten Abend kommt Mom mit zwei großen Pizzaschachteln in die Küche. Bevor ich sie ihr aus der Hand reißen kann, setzt sie sich mir gegenüber und verschränkt die Arme besitzergreifend über den Kartons.

»Okay, mein Vorschlag lautet folgendermaßen.«

Mit dem Duft von Tomaten, Käse und Peperoni in der Nase fällt Konzentrieren echt schwer, aber ich gebe mein Bestes.

»Ich finde es zwar fürchterlich, dass du ständig geheime Pläne ausheckst, aber in Sachen Grandma hast du recht: Wir müssen sie unbedingt besuchen«, sagt Mom. »Deshalb fliegen wir nächsten Freitag alle nach Boston und bleiben fünf Tage da. Für längere Zeit konnte ich Dr. Taylor nicht als Vertretung gewinnen. Mit Dad hab ich schon gesprochen, bei ihm würde das zeitlich auch gut passen.«

»Juhu!«

»Außerdem hatten dein Vater und ich eigentlich vorgehabt, uns diesen Sommer ein romantisches Wochenende nur für uns zu gönnen ...«

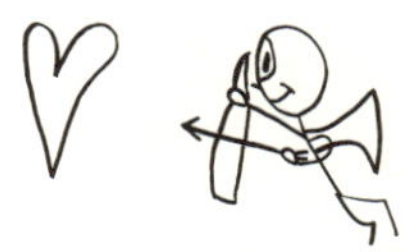

romantisch

»Nein, bitte lasst mich nicht mit Amy allein zu Hause!«

»Jetzt reg dich nicht auf. Wir haben beschlossen, stattdessen diese fünf Tage Neuengland zu machen.«

Ich kratze all meinen Mut zusammen, um die nächste Frage zu stellen. Ich muss es einfach wissen. »Fahren wir dann auch nach Martha's Vineyard? Um Matt zu treffen, meine ich.«

»Ich hab schon mit Matts Mutter gesprochen. Sie fliegen gleich nach dem Jahrmarkt wieder zurück, werden also gar nicht mehr da sein, wenn wir hinkommen.«

Ich finde es zwar ein bisschen traurig, dass ich den Tatort nicht mit meinem besten Freund in Augenschein nehmen kann, aber drei Tage ohne Lern-Camp, ein Flug und ein Besuch bei Grandma sind doch alles gute Gründe zum Feiern.

Und dann zieht Mom noch eine Überraschung aus dem Ärmel. »Aber nach Martha's Vineyard fahren wir trotzdem. Du stocherst schon zu lange in dieser Sache mit Susan James herum. Wir werden uns South Beach ansehen und uns sogar mit Susans Mutter treffen. Dann kannst du dich persönlich davon überzeugen, dass da kein Geheimnis und gar nichts dahintersteckt, und schaffst es hoffentlich endlich damit abzuschließen.«

Ich hüpfe vor Freude wie ein Irrer auf und ab, bevor mir klar wird, dass die Sache einen Haken haben muss. Es gibt immer einen Haken.

»Aber du musst deine Ferienleseliste abarbeiten. Ich habe keine Lust, den Rest des Sommers damit zuzubringen, mit dir darüber zu streiten. Okay?«

verhandeln

Ich will erst mal verhandeln, bevor ich in den Deal einschlage. »Kann Bodi auch mitkommen?«

Mom schüttelt den Kopf. »Ich glaube, den lassen wir lieber in der Tierpension, meinst du nicht?«

Wir sitzen uns Auge in Auge gegenüber, und ich muss dran denken, wann ich wohl endlich genauso groß bin wie

Mom – vielleicht sind diese Diskussionen dann ein bisschen fairer. Ich schaue ihr ins Gesicht und starte einen letzten Flehversuch. »Bodi gehört aber zur Familie. Ich finde, er sollte mitkommen.«

Mom überlegt kurz. »Na ja, mit Bodi fühlt es sich tatsächlich immer ein bisschen mehr nach Familienurlaub an. Okay.« Sie schiebt mir eine der Pizzaschachteln zu. »Ganz allein für dich.«

Ich reiße den Karton auf – aber statt leckerer Peperoni-Käse-Pizza liegen da drei Bücher von meiner Leseliste, darunter das von Ms Williams, das ich nicht mehr angeguckt hab, seit Dad mir mein Daumenkino vermiest hat (Mom hat echt ein Händchen dafür, die wundesten Punkte zu treffen). Sie gibt sich alle Mühe, ein Grinsen zu unterdrücken, und deutet nach oben.

Ein Drittel Pizza ist nicht mal ein

Drittel so gut wie eine ganze Pizza für sich allein zu haben, aber ich bin schier am Verhungern. Ich mache die zweite Schachtel auf und nehme mir ein Stück heraus. Das lege ich auf ein Blatt Küchenpapier und stehe auf, um nach oben zu gehen.

»Hast du nicht was vergessen?«, fragt Mom.

Ich schnappe mir Ms Williams' Buch aus der Pizzaschachtel – das gibt bestimmt ein gutes Tablett ab. In meinem Zimmer angekommen, schmeiße ich mich aufs Bett und werfe einen Blick ins Buch. Ms Williams hat jede Menge Randnotizen gemacht, fällt mir auf. *Was empfindet die Hauptfigur in dieser Situation? Was passiert wohl als Nächstes? Ihre Fragen ziehen in meinem Kopf eigene Fragen nach sich. Wie lange werde ich für dieses Buch brauchen, wenn ich alle zwei Minuten anhalten muss, um diese bescheuerten Fragen zu lesen?*

Ich schiebe das Buch unter meine Matratze und mache etwas viel Einfacheres: Ich schreibe Grandma eine E-Mail, wie sehr ich mich freue, dass wir sie in Boston besuchen.

Was machst du denn hier?

Beim Gassigehen halte ich Bodi an der Leine, obwohl er viel lieber ein paar Eichhörnchen jagen würde. Früher hab ich ihn immer frei laufen lassen, aber Mom hat erst neulich einen Labrador in der Praxis gehabt, der von einem Auto angefahren worden war, und das war wahrlich kein hübscher Anblick. Als wir am Naherholungsgebiet ankommen, muss Bodi dringend mal, und ich auch. Dann entdecke ich ein schattiges Plätzchen unter einer Buche und Bodi kuschelt sich eng an mich. Er ist auf dem Weg hierher durch einen Bach

Erholung

Aroma

gerannt und riecht jetzt so richtig nach nassem Hund. Weil das mein absolutes Lieblingsaroma ist, vergrabe ich das Gesicht tief in seinem Fell.

Ein Stück weiter spielen ein paar Frauen Softball. Ich ignoriere sie und greife mir mein Buch. Und dann fällt mir plötzlich auf, dass ich gerade einen Comic lese, in dem Calvin an einem Baum lehnt, und Hobbes sitzt dicht neben ihm – genau in der gleichen Position wie Bodi und ich jetzt. Verrückt.

»Derek Fallon, bist du das?«

Ich schaue auf. Ms Williams kommt vom ersten Mal auf mich zugetrabt. Sie trägt schicke Sportschuhe und ein Tanktop mit den Red Hot Chili Peppers drauf und hat sich die Haare zu Zöpfen geflochten. Ich tue so, als wäre ich jemand anders, und verstecke mich hinter Bodi, aber sie hält unbeirrt weiter auf mich zu.

»Na, wie läuft dein Sommer bisher?«

Ich kann ihr einfach nicht in die Augen schauen. Sie hat abgeschnittene Jeans an und auf der Schulter ein Tauben-Tattoo, das ich noch nie gesehen habe. Am liebsten würde ich sofort nach Hause rennen. So schnell mich die Beine tragen.

Ich murmele etwas von einem ätzenden Sommer vor mich hin.

Sie zeigt auf mein Calvin-und-Hobbes-Buch. »Hey, du liest. Das ist doch nicht ätzend.« Sie beugt sich herunter, um Bodi zu streicheln, der ihr augenblicklich das Gesicht vollsabbert. Aber sie weicht nicht zurück, sondern lässt sich von oben bis unten abschlabbern und belabert ihn mit der gleichen Tutzi-tutzi-Babystimme, die auch meine Mutter auf jedes Tier anwendet, obwohl sie doch nun wirklich vom Fach

sabbern

ist. Sollte zufällig gerade Joe Brennan oder irgendein anderer Idiot in der Nähe sein und mitkriegen, wie Ms Williams meinen Hund beknuddelt, darf ich mir bestimmt bis ans Ende meiner Tage einiges anhören.

»Ich hab Ihre Notizen gefunden, in dem Buch, das Sie mir gegeben haben«, sage ich.

»Und, haben sie dir geholfen?«

»Ein bisschen.« Ich hole mein Notizbuch aus meinem Rucksack und zeige ihr das Daumenkino vom bisherigen Verlauf meines Sommers.

Sie setzt sich neben mich ins Gras und blättert das Buch selber durch. »Carly hat mir neulich in einer E-Mail geschrieben, dass du ein paar tolle Zeichnungen gemacht hättest. Und wie es aussieht, hat sie absolut recht.«

Carly schreibt E-Mails an Lehrer? In den Ferien?? Mann, die ist echt ein

Freak! Ich bin superdankbar, als eine von Ms Williams' Mitspielerinnen plötzlich schreit: »Annie! Du bist dran!«

Ms Williams geht zurück aufs Spielfeld. »Dir noch schöne Restferien!«, ruft sie mir über die Schulter zu. Wäre sie nicht meine Lehrerin, wäre sie echt fast cool. Ich inhaliere noch mal Bodis Aroma und versuche mich dann wieder in meinen Comic zu versenken, schaffe es aber nicht. Carly schreibt E-Mails an Ms Williams? Und da stand drin, sie findet meine Zeichnungen toll? Wieso sagt sie mir das nie direkt?

Als ich nach Hause komme, finde ich drei E-Mails von Grandma vor. Sie schreibt, sie freut sich unheimlich auf unseren Besuch und ob ich mir irgendwas Besonderes zu essen wünsche. Ich schreibe zurück, dass ich's auch kaum erwarten kann. Und ich erwähne wie beiläufig Grillhähnchen, Kartoffelpüree und Schokokuchen mit Kokosglasur.

Mom wäre bestimmt sauer, wenn sie das wüsste, aber als Nächstes gehe ich wieder auf Susan James' Gästebuchseite. Ich hab die Einträge schon ein paar Mal gelesen, aber manche sind echt lustig und nett, besonders die von einer Lauren Hutchins. In einem steht, dass sie an dem Unglückstag mit Susan am Strand war. Davon hat mir bisher keiner was gesagt! Ich beschließe, Mom nichts davon zu erzählen, sonst flippt die wieder aus, ich sei von dem Thema besessen oder so, und sagt die Reise doch noch ab.

Ich gebe Laurens Namen in die Suchmaschine ein. Anscheinend betreibt sie einen Schmuckstand in einer Kunstgalerie in Chilmark, das zufällig auch auf Martha's Vineyard liegt. Auf einem Foto sind silberne Armkettchen zu sehen und Glasperlen, die in Schalen mit rohem Reis ausgestellt sind. Auf ihrer »Über mich«-Seite sieht Lauren so aus, als wäre sie in etwa so alt wie Ms Williams. Ich notiere mir die Adresse ihres Ladens vorne in dem Buch, das ich lesen soll. Die Begegnung mit Ms Williams heute hat mir ein ziemlich schlechtes Gewissen gemacht, dass ich meine Leseliste noch immer nicht in Angriff genommen habe. Ich lenke mich mit Gedanken an potenziell witzige Freizeitbeschäftigungen ab:

ausgestellt

1. Bodi Rasierschaum von Dad ums Maul sprühen und dann in der Gegend herumrennen und so tun, als hätte er Tollwut.

Tollwut

2. Henri dazu bringen, dass er mir sein Headset leiht, das dann Bodi auf den Kopf pflanzen und ein Stofftier vorne dranmachen, damit er es jagt wie ein Rennhund den Hasen.

Beide Ideen könnten spaßig werden, aber der Lockruf meiner Stifte ist lauter. Meine Hand zögert über dem Stiftemäppchen in der Luft – Dunkelblau? Orange-braun? Am Ende nehme ich Limonengrün, schnappe mir eine Handvoll Kekse aus dem Küchenschrank und setze mich zum Zeichnen auf die Veranda.

Nachäffen

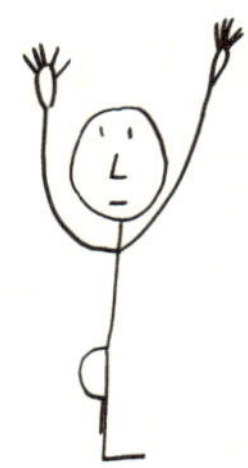

Yoga

Die Medikamente, die Mom für Pedro bestellt hat, sind eingetroffen, und sie will sie auf dem Weg zu ihrem Yogakurs bei Pedros Besitzerin vorbeibringen. Als ich sie anflehe, den Affen wieder sehen zu dürfen, willigt sie ein, mich mitzunehmen.

Ich dachte, Pedro würde Moms Freundin Debbie gehören, aber wie sich herausstellt, ist Michael, Debbies Sohn, das eigentliche Herrchen. Er ist siebzehn und sitzt wegen Kinderlähmung im Rollstuhl. Er hat Pedro seit zwei Jahren und sie sind beste

Freunde. Ich bin irgendwie neidisch. Matt ist echt klasse, aber er ist nun mal kein Affe.

Während Mom ihrer Freundin von der Konferenz erzählt, wirbelt Michael mit seinem Rollstuhl, Pedro auf dem Schoß, durch die riesige Wohnung. An der Wand vor Michaels Zimmer ist ein Basketballkorb auf niedrigster Stufe angebracht, und da liefern wir uns ein kleines Duell bis einundzwanzig. Michael zieht mich dermaßen ab, wie es schlimmer nicht geht.

Laser

Hinterher holt Michael einen Laserpointer und zeigt auf einen hohen DVD-Ständer. Sofort hüpft Pedro von seinem Schoß herunter, holt die richtige DVD heraus und legt sie in den Player ein. Dann huscht der Affe in die Küche, macht den Schrank auf, holt eine Packung Popcorn raus und stellt sie in die Mikrowelle. Genau so hab ich mir das Leben mit einem Affen vorgestellt, ganz genau so.

»Die Leute, die Pedro ausgebildet haben, sind immer auf der Suche nach Pflegefamilien«, sagt Michael. »Da deine Mom Tierärztin ist, hättest du bestimmt gute Chancen, einen Affen zu kriegen.«

Jetzt habe ich eine neue, aufregende Mission: Ich muss Mom überreden, dass wir einen Affen großziehen.

Als meine Mutter sagt, es wäre Zeit zu gehen, frage ich, ob ich nicht mit Michael einen Film gucken darf, statt mit ihr zum Yogastudio zu dackeln. Debbie sagt, das ginge in Ordnung, also beschließt Mom, mich in anderthalb Stunden wieder abzuholen.

Pedro holt eine Flasche Wasser aus dem Kühlschrank und steckt sie in den Flaschenhalter an Michaels Rollstuhl. Pedros kleines Gesicht sieht so ver-

Zuneigung

blüffend menschlich aus, und wenn er Michael anschaut, ist sein Blick voller Zuneigung. Ich hab mir bisher nie Gedanken darüber gemacht, warum Mom Tierärztin geworden ist, aber jetzt wird mir zum allerersten Mal klar, wie cool es ist, sich der Rettung und dem Schutz so toller Tiere wie Pedro und Bodi zu widmen.

Als der Film losgeht, fällt mir ein, dass Dad vor ein paar Jahren daran mitgearbeitet hat. Bei der Verfolgungsszene erzähle ich Michael, dass mein Vater die Storyboards gezeichnet hat. Die Szene ist echt spannend, mit ganz schnellen Kameraschwenks und so. Michael schreit dem Hauptdarsteller zu, er soll aufpassen, während ich nur dran denken kann, dass meine Eltern in dem, was sie tun, echt gut sind. Werde ich jemals auch so gut in irgendwas sein? Vielleicht bin ich ja gar nicht ihr Kind, vielleicht haben sie mich auf der Straße gefunden und aus Mitleid mit nach Hause genommen.

Pedro muss ein Superaffe sein, der die Gefühle von Menschen erspürt, denn er rückt ein Stückchen von Michael ab und mehr in meine Richtung. Er sitzt jetzt genau in der Mitte zwischen uns, und als die Verfolgungsszene zu Ende ist, bin ich auch schon wieder ganz der Alte.

Nach dem Film zeige ich Michael meinen Skizzenblock. »Ich kann aber nicht so gut zeichnen wie mein Vater«, sage ich. »Ich übe noch.«

Michael rollt zu dem Computertisch in der Zimmerecke. »Die Zeichnungen würden sich animiert bestimmt gut machen.« Er öffnet eine Computerdatei und sagt, ich soll mir einen Stuhl heranziehen.

Neben der Tastatur liegt ein flaches

Marionette

Pad und Michael sagt, ich solle mal was da draufzeichnen. Wie durch Zauberhand erscheint jeder Strich sofort auf dem Computerbildschirm. Dann macht Michael so lange daran herum, bis meine Figuren anfangen sich wie Marionetten zu bewegen.

»Das ist ja der Hammer! Du verwandelst meine Bilder in einen Cartoon!«

Bis Mom von ihrem Yogakurs zurückkommt, haben Michael und ich etliche meiner Zeichnungen animiert. Zu Beginn der Ferien hab ich gelernt, mir eine Geschichte wie einen Film im Kopf vorzustellen. Und jetzt ist dieser Film dank Michael nicht mehr nur in meinem Kopf. Es ist, als wäre mein Daumenkino auf den Bildschirm gehüpft. Jetzt können alle meinen Film sehen.

Unsere Mütter finden es super, was wir zustande gebracht haben, und schlagen vor, dass Michael und ich uns gern wieder treffen können, wenn wir von Grandma zurück sind. Als Mom und ich uns verabschieden, springt Pedro mir direkt in die Arme, als wollte er auch Tschüss sagen.

Auf der Heimfahrt quatsche ich Mom die ganze Zeit mit der Idee voll, wir sollten uns als Pflegefamilie für ein Kapuzineräffchen wie Pedro zur Verfügung stellen. Mom findet eine Million verschiedener Ausreden, um Nein zu sagen. Zu Hause erzählt sie Dad, was Michael und ich am Computer gemacht haben, und Dad ist total aus dem Häuschen. Er sagt, er habe sich bisher davor gedrückt, Animationssoftware zu benutzen, aber ich hätte ihn jetzt inspiriert, sich ein paar entsprechende Programme mal genauer anzuschauen, wenn wir wieder zu Hause sind.

inspirierend

Während ich meine Stifte und

das Skizzenbuch in meinen Rollkoffer packe, habe ich fast das Gefühl, Dad bei etwas Wichtigem geholfen zu haben. Vielleicht kann er sich ja dafür revanchieren, indem er mir hilft, Mom zu überreden, einen Affen aufzunehmen.

Grandma

Auf dem Flug nach Boston trägt Mom die meiste Zeit eine Schlafmaske – sie hat ein bisschen Flugangst und ist immer froh, wenn die Reise möglichst schnell vorbei ist. Zumindest braucht sie sich wegen Bodi keine Sorgen zu machen – Mom hat mal zu den Tierärzten gehört, die von der Fluggesellschaft gebeten wurden, Vorschläge zu machen, wie Tiere im Flugzeug bequemer mitreisen können. Deswegen darf Bodi seither immer kostenlos fliegen.

Dad und ich spielen Karten und schauen uns einen Film an. Danach spaziere ich auf dem Gang auf und ab, bis eine Flugbegleiterin sagt, ich soll mich lieber hinsetzen. Als ich frage, ob ich Bodi unten besuchen kann, antwortet sie, Passagiere hätten keinen Zugang zum Frachtraum. Dann wird sie ganz rührselig und fragt, ob ich Bodi vermisse, wo wir doch bestimmt beste Freunde sind, und so kitschiges Zeug halt. Ich bitte sie um eine Dose Ananassaft und gehe dann wieder zurück an meinen Platz.

Fracht

Es dauert, bis Bodis Transportbox ausgeladen wird. Kaum sind wir aus dem Flughafengebäude raus, pinkelt er schon los. Wir mieten einen Wagen, der viel neuer riecht als unserer zu Hause, und fahren damit zu Grandma.

Meine Großmutter wohnt immer noch in dem Haus, in dem Mom aufgewachsen ist, nur dass Moms Turnierschleifen und Beatles-Poster jetzt im

Keller sind und ihr früheres Zimmer in einen Fitnessraum umgewandelt wurde. Wenn wir zu Besuch sind, schlafe ich immer auf einer dicken Luftmatratze neben dem Laufband.

»Na, wo ist er? Wo ist mein Lieblingsenkel?« Ich bin noch gar nicht richtig ausgestiegen, da kommt Grandma schon die Auffahrt heruntergeschossen und reißt mich in die Arme.

Mom und Dad lächeln einander zu; wahrscheinlich ist Omaliebe was anderes als Elternliebe. Anscheinend sind meine Eltern froh, dass mich eine Weile jemand anderes als sie selbst betüdelt.

Grandma drückt mich so fest, als hätte sie mich seit einem Jahrhundert nicht mehr gesehen, dabei ist es erst ein Jahr her. Als ich aus dem Augenwinkel einen Schokoladenkuchen mit Kokosglasur auf dem Küchentresen

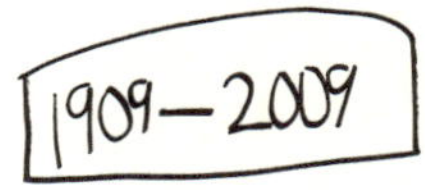

Jahrhundert

entdecke, drücke ich noch viel doller zurück.

Grandma trägt ihr Hörgerät, dann müssen wir nicht so schreien wie sonst. Sie führt uns eine DVD mit den Highlights ihrer Bowling-Mannschaft vor und zeigt uns ihren »Killerwurf«, der entscheidend dazu beigetragen hat, ihr Team ins Finale zu bringen. Als Mom sie fragt, ob sie mit uns nach Martha's Vineyard kommen möchte, antwortet sie, sie würde gern, aber sie könne ihre Mannschaftskameradinnen unmöglich im Stich lassen, die wären sonst schwer enttäuscht. Sie lässt mich mit den alten Krücken meines Onkels spielen und erzählt mir, wie Mom schon als junges Mädchen immer alle kranken Tiere in der Gegend wieder gesund gepflegt hat. Wir lachen, als sie uns Fotos von Mom und ihrem Bruder als Kinder zeigt, auch wenn wir

Enttäuschung

die schon mindestens zehnmal gesehen haben.

Anders als zu Hause, wo jeder sich um sich selber kümmert, bedient Grandma uns hier nach Strich und Faden, als wären wir hohe Gäste, aber wahrscheinlich sind wir das für sie auch. Sie behandelt mich, als wäre ich immer noch ein kleines Kind, und bietet mir an, mir die Füße zu rubbeln. Ich lasse sie machen; es ist schön, wieder ein kleines Kind zu sein, auch wenn es nur für ein paar Minuten ist.

Als ich bei Grandma auf dem Schoß sitze – und fast vom Stuhl kippe, weil ich schon genauso groß bin wie sie –, kommt mir plötzlich eine Idee. »Grandma, würdest du mir vielleicht was vorlesen?«

»Aber sicher, sehr gern!«, antwortet sie.

Ich hole aus meinem Koffer schnell

das Buch, das ich über den Sommer lesen soll – das Buch, mit dessen Lektüre ich für diesen Besuch hier bezahlen muss.

»Oh nein!«, geht Mom dazwischen. »Das wirst du mal schön selber lesen.«

»Ach was, ich mach das wirklich gern.« Grandma zieht auf die Couch um und setzt ihre Lesebrille auf. »Sieht spannend aus!«

böser Blick

Auch die bösen Blicke meiner Eltern können mich nicht vom Grinsen abhalten, als ich mich zu Grandma auf die Couch kuschle. Mom versucht uns mit einer Runde Pictionary zu ködern, aber ich bitte Grandma, weiterzulesen. Irgendwann geben meine Eltern auf und starten mit Bodi zu einem Gassirundgang durch die Nachbarschaft.

Grandma zwinkert mir zu, und ich bin nicht sicher, ob sie das tut, weil sie sich über unseren Besuch so freut, oder weil sie weiß, dass sie mir geholfen hat, mich vor der ungeliebten Ferienhausaufgabe zu drücken. Während sie vorliest, wende ich Margots Visualisierungstechnik an und stelle mir die Hauptfigur vor. Fühlt sie sich schuldig? Hat sie Angst? Ich stelle mir das Haus vor, in dem sie wohnt, mit dem blauen Teppich am Boden und einer großen Uhr an der Wand. Als meine Eltern zurückkommen, haben Grandma und ich schon zwei Kapitel geschafft.

Unsere Körper sind immer noch auf Westküstenzeit eingestellt, daher bleiben Mom, Dad und ich noch lange auf, nachdem Grandma längst ins Bett gegangen ist, und schauen uns einen Film an.

Mit ein bisschen Glück krieg ich Grandma dazu, auch noch meinen Aufsatz zu schreiben.

Martha's Vineyard

Freundinnen

Wir verbringen mehrere Tage bei Grandma, schauen ihr beim Bowling zu, lernen ihre Freundinnen kennen und essen mehr Nachtisch, als ich je gedacht hätte, dass in einen Menschenmagen passen kann. Matt hätte es fast geschafft, seine Eltern zu überreden, dass sie uns an einem Nachmittag bei Grandma besuchen kommen, bevor sie nach L.A. zurückfliegen, aber dann hat das doch nicht geklappt, weil sein Dad einen beruflichen Termin hat. Matt und ich telefonieren immer wieder, und ich finde es unglaublich, dass wir zwar beide gerade in Massachussetts Urlaub machen, uns aber trotzdem erst wieder sehen können, wenn wir wieder zu Hause sind.

Bevor wir nach Martha's Vineyard abdüsen, drückt mich Grandma so doll, dass ich schon denke, meine Wirbelsäule zerbricht gleich in zwei Hälften. Mom versucht sie zu überreden, doch mitzukommen, aber Grandma will unbedingt bei ihrem Bowlingturnier mitmachen und sagt, sie käme uns dann zu Thanksgiving besuchen. Ich spüre, dass Mom sie schon vermisst, als wir noch gar nicht auf der Fähre sind.

Wirbelsäule

Dad ist außer sich vor Freude, dass es auf der Fähre drahtloses Internet gibt, und er setzt sich samt Kaffee und Laptop in eine Restaurantnische. Mom und ich spazieren mit Bodi übers Deck, und Bodi schnüffelt dabei jedem anderen Hund, der nach Vineyard Haven

unterwegs ist, am Hintern rum. Wir mustern die Passagiere, die an uns vorbeigehen – ein hochgewachsener Kerl mit einem »Patriots«-Trikot trägt seiner Frau den geblümten Koffer, eine Frau füttert ihr Kleinkind, das ein Cape-Cod-T-Shirt anhat, mit Muscheln. Als ein Typ neben uns sich übers Handy lautstark über irgendwelche Jobsachen unterhält, macht Mom mit Daumen und Zeigefinger eine Pistole und tut so, als würde sie ihm das Handy aus der Hand schießen. Ich finde Mom im Ferien-Modus echt klasse.

Aber als wir die Fähre verlassen, ändert sich ihre Stimmung schlagartig. Wir fahren hinter einem großen Geländewagen her, auf dem vier Fahrräder und zwei Kajaks thronen, und mir wird bewusst, dass die Leute normalerweise aus anderen Gründen herkommen, als in ihrer Vergangenheit herumzuwühlen. Anscheinend denkt Mom gerade dasselbe. Sie und Dad waren seit der verhängnisvollen Reise vor zehn Jahren auch nicht mehr auf Martha's Vineyard. Während sie Dad Anweisungen gibt, wie er zu der tierfreundlichen Pension fahren soll, die sie im Internet gebucht hat, wirkt sie um Längen weniger entspannt und gut drauf als vorhin auf der Fähre.

verhängnisvoll

Zu meiner Freude gibt es in unserem Zimmer ein Himmelbett, aber die Blicke meiner Eltern sagen sofort: *Denk nicht mal im Traum dran, das als Trampolin zu benutzen.* Ich bitte sie, die Klappcouch auszuziehen, damit ich sehe, wo ich schlafen werde, aber Mom will lieber erst die Insel erkunden und Dad will was zu Mittag essen. Wir lassen Bodi mit einem Kauknochen im Zimmer zurück und marschieren in die Stadt.

Zu dritt klappern wir eine Buchhandlung nach der anderen ab – die Lieblingsbeschäftigung meiner Eltern im Urlaub. Irgendwann verstecke ich mich in einem Laden hinter einem der hintersten Regale. Ich weiß, dass ich für Bilderbücher schon zu alt bin, aber ich kann ihnen nicht widerstehen. Als ich Mom näher kommen höre, schmeiße ich das Bilderbuch hastig ins Regal zurück und greife mir ein normales mit Text.

»Willst du das haben?«, fragt Mom mit so viel Hoffnung in der Stimme, dass ich beinahe Ja gesagt hätte.

Ich sage Nein, aber dass es nebenan einen Süßigkeitenladen gibt. Und da werde ich für meine Buchhandlungs-Geduld endlich mit einer großen Marshmallow-Puffreis-Mandel-Kokos-Karamell-Stange belohnt.

Bevor wir uns für weitere Erkundungen ins Auto setzen, holen wir Bodi aus der Pension. Dann fahren wir von einem Ort zum anderen, und ich hab gar nicht das Gefühl, auf einer Insel zu sein. Bauernhöfe, alte Steinmauern, haufenweise knorrige Bäume schieben sich an uns vorbei. Hier erinnert wirklich nichts an Kalifornien. Der öffentliche Strand ist vollgepackt mit Autos, die laut Nummernschild aus so ziemlich jedem Bundesstaat Amerikas stammen, aber meine Mutter kennt eine versteckte kleine Bucht, also lassen wir die Menschenmassen links liegen und fahren ein Stück weiter nach Süden.

Dann fällt mein Blick plötzlich auf eine große Scheune, an der ein Schild mit der Aufschrift CHILMARK ARTISTS prangt – das ist die Galerie, in der Lauren Hutchins ihren Schmuck verkauft!

»HALT!«, brülle ich.

Dad bleibt mit quietschenden Reifen stehen und sagt, ich hätte ihm eben fast einen Herzinfarkt beschert. Ich zeige auf das Holzschild. »Ich hab mich verlesen. Ich dachte, da stünde SELBST GEMACHTES EIS.«

Dad schüttelt traurig den Kopf. »Ich fürchte, das Lern-Camp hat deine Lesefähigkeiten nicht mal ansatzweise verbessert.«

»Lasst uns doch einen Blick da reinwerfen, wenn wir schon mal hier sind.« Mom schnappt sich ihre Handtasche, steigt aus und geht über die Straße.

vor Angst schlottern

Ich freu mich total, schlottere aber auch vor Angst. Was, wenn Lauren Hutchins heute gar nicht da ist? Oder schlimmer noch – was, wenn sie doch da ist, in mir den Jungen erkennt, der ihre beste Freundin umgebracht hat, und komplett durchdreht? Oder noch schlimmer - was, wenn überhaupt nichts passiert und ich mir den ganzen Sommer lang einen Kopf gemacht hab wegen Sachen, die vollkommen unwichtig sind?

Als wir uns der Galeriescheune nähern, wünschte ich, ich wäre ganz woanders und täte was ganz anderes - meinetwegen sogar lesen. Ich lege Bodi die Leine an und nehme ihn mit, als Glücksbringer.

Sprachlos

Wolle

Während Dad sich ein paar ledergebundene Notizblöcke anschaut, probiert Mom handgestrickte Wolljacken an. Leise schiebe ich mich von einem Stand zum anderen, bis ich das Schild »Hutchins Designs« sehe. Ich ziehe Bodi hinter einen hohen, aus Zweigen geflochtenen CD-Ständer und beobachte Lauren Hutchins erst mal eine Weile. Sie hat lange braune Dreadlocks, die sie mit einem großen Webtuch zusammengebunden hat. Dazu trägt sie eine Yoga-Hose und ein Batik-Kapuzenshirt. An ihren Ohrringen glänzen Federn und

Dreadlocks

winzige silberne Perlen, und mehrere Variationen dieser Schmuckstücke sind auch in dem Glaskasten vor ihr ausgestellt. Noch bevor ich mir irgendwas einfallen lassen kann, fällt ihr Blick auf Bodi.

»Hey, Kumpel, komm mal her.« Sie beugt sich runter und winkt Bodi zu sich, und natürlich geht der Hund sofort zu ihr. Wenn ich mal vom Mädchen-sind-doof-Stadium ins Mädchen-sind-sexy-Stadium wechsle – also so in zwanzig bis dreißig Jahren –, werde ich bei Bodi Unterricht nehmen. Dieser Hund wickelt mehr hübsche Frauen um die kleine Kralle als jeder noch so schicke Fernseharzt.

»Wie heißt er denn?«, fragt Lauren.

»Bodi.«

Sie krault Bodi weiter am Kopf, dann schaut sie zu mir hoch. »Suchst du ein Geschenk für deine Freundin?«

Ihre bescheuerte Frage trägt nicht gerade dazu bei, meine Nervosität runterzufahren, im Gegenteil. Ich sage Nein und tue so, als würde ich den Schmuck betrachten. Ich nehme ein ledernes Halsband mit Muscheln und Federn in die Hand.

Botschafter

»Federn bringen Glück, wusstest du das? Vögel wurden früher als Botschafter der Götter angesehen.«

Ich bringe kein sinnvolles Wort raus. Als Lauren auf mein T-Shirt zeigt und fragt, ob ich gerne Skateboard fahre, kriege ich es gerade mal hin, zu nicken. Und um die Sache noch zu verschlimmern, kommt mein Vater jetzt an und mustert schweigend Laurens Produkte, als wäre er Schmuckexperte oder so. Bitte geh weg, würde ich am liebsten sagen. Das hier ist schon kompliziert genug. Aber nein, zu allem Überfluss kommt jetzt auch noch Mom hinzu.

kompliziert

»Na, habt ihr eine neue Freundin gefunden, Bodi und du?« Meine Mutter lächelt Lauren an und schaut sich ihr Warenangebot an.

Warenangebot

Am liebsten würde ich mich unter einer der Webdecken vom Stand nebenan verkriechen, bis die Ferien vorbei sind. Lauren schaut leicht verwirrt zwischen uns hin und her, als versuche sie herauszufinden, wer wir sind und was wir wollen. *Ich hab Ihren Gästebucheintrag gelesen,* würde ich gern sagen. *Wir waren beide dabei, als Susan James gestorben ist.* Aber auf einmal kommt mir mein Plan, das Geheimnis dieses Sommers aufzuklären, wie ein riesengroßer Fehler vor. Als meine Eltern sich ein Stück weiter zu einem Stand mit Töpferwaren bewegen, folge ich ihnen. Ich werfe einen letzten Blick zurück zu Lauren Hutchins, aber sie ist damit beschäftigt, einer älteren Frau ein Armband anzulegen, und schaut nicht hoch.

Als wir wieder im Auto sitzen, lässt Dad meine Mutter den weichen Ledereinband der neuen Skizzenblöcke fühlen, die er für sich und mich gekauft hat. Ich sitze hinten und könnte mir in den Hintern treten, weil ich meine große Chance, mit Lauren zu sprechen, einfach so vertan habe. Dann kratze ich all meinen Mut zusammen und präsentiere meinen Eltern eine glatte Lüge.

»Ich hab mein Buch da drin vergessen.«

»Du hattest es mit reingenommen?«, fragt Mom.

»Ja, und ich hab es auf einem Tisch liegen lassen. Bin gleich wieder da.« Ich springe aus dem Auto und bete um eine letzte Chance, Laurens Geschichte aus erster Hand zu erfahren.

Die Wahrheit ist immer anders, als man denkt

Lauren sitzt auf einem Hocker und liest. Ich hole tief Luft und nähere mich ihrem Stand.

»Ich hab Ihre Beiträge auf Susan James' Website gelesen«, sage ich.

Sie legt den Kopf schief. »Was? Du kennst Susan?«

Ich stehe da und warte darauf, dass die Worte irgendwie aus mir herauskommen. »Ich war mit am Strand, als sie gestorben ist«, sage ich schließlich.

herauskommen

Lauren legt ihr Buch weg und steht auf. »Wie alt bist du?« Sie berührt mein Haar, als wäre ich ein Alien.

aus dem Hut zaubern

»Zwölf«, antworte ich.

»Das kommt hin.« Sie schaut mir in die Augen, als versuche sie das Bild von dem Jungen damals aus dem geistigen Hut zu zaubern. »Das war der schlimmste Tag meines Lebens. Susan war meine beste Freundin.«

Und dann fällt bei ihr der Groschen. »Dann hast du mich online aufgestöbert oder wie?«

Ich erzähle ihr, dass ich erst neulich den Artikel über das ertrunkene Mädchen gefunden habe und dass meine Mutter mir berichtet hat, was sie darüber weiß, ich aber mehr erfahren will.

»Sie müssen mir nichts erzählen, wenn das zu schmerzlich für Sie ist«, sage ich. Mag ja sein, dass *ich* alles erfahren möchte, aber für Lauren könnte es schwer sein – vielleicht so schwer, wie ich es Mom schon den ganzen Sommer über mache. Der Gedanke an Mom erinnert mich daran, dass ich höchstens noch ein paar Minuten habe, bevor meine Eltern mich suchen kommen. Schnell, Lauren!

Sie zwirbelt an ihren Haarspitzen herum, während sie erzählt. »Du musst bedenken, dass Susan damals erst ein Teenager war, bloß ein paar Jahre älter als du jetzt. Sie war in diesen Typ verknallt, Tim Jensen hieß er. Er hat sie nicht mal wahrgenommen, aber sie redete ununterbrochen nur von ihm. Sie wollte an dem Tag, dass ich mit zum Strand komme, wo er auch sein würde. Als ich da ankam, konnte ich es nicht fassen, dass sie ein Kleinkind dabeihatte!«

Ich zeige auf mich und Lauren nickt.

»Sie hatte nie was erzählt, dass sie als Babysitterin arbeitet oder so, und der Teil des Strandes ist für kleine Kinder echt nicht geeignet, schon gar nicht nach einem Sturm. Aber als Tim und seine Freunde eintrafen, hatte Susan leider keinen Blick mehr für dich übrig.« Lauren steht auf, um einem Mann behilflich zu sein, der eine Haarspange für seine Frau sucht. Die dunkle Vorahnung, meine Eltern könnten jeden Moment reinkommen, lässt meinen Kopf beinahe explodieren.

dunkle Vorahnung

»Ich hab mit dir im Sand gespielt«, fährt Lauren fort. »Du warst wirklich ein furchtloser kleiner Junge.« Ihre Augen verdunkeln sich und sie lehnt sich auf ihrem Hocker zurück. »Als ich mich umgeschaut habe, war Susan schon mit Tim und seinen Kumpels im Wasser. Ich meine, sie hat dich einfach alleingelassen.«

furchtlos

Gerade als ich schon das Gefühl habe, gleich zu platzen, wenn ich nicht augenblicklich den Rest der Geschichte höre, räuspert sich jemand hinter meinem Rücken. Meine Eltern und Bodi stehen hinter mir an Laurens Stand.

Bevor sie mich fragen können, warum ich ihnen die Lüge mit dem Buch aufgetischt habe, stelle ich ihnen Lauren Hutchins vor. »Sie war Susans beste Freundin«, erkläre ich. »Und sie war an dem Unglückstag mit am Strand.«

Meine Mutter sieht aus, als hätte sie jemand mit einem Holzhammer geschlagen. Ich weiß, wenn wir hier raus sind, kriege ich die größte Portion Levitenlesen ab, die ich mir nur vorstellen kann.

Portion

»Du und ich, wir haben am Strand Muscheln gesucht, während Susan und Tim einen Spaziergang machten«, erzählt Lauren weiter. »Susan war total überdreht, nachdem Tim weg war. Wir haben beide versucht, eine

Sandburg mit dir zu bauen, aber du wolltest die ganze Zeit nur herumrennen.«

Kenne ich.

»Die Wellen waren riesig, aber Susan wollte trotzdem unbedingt noch mal ins Wasser. Sie hat das Meer schon immer geliebt. Wir waren ganz am rechten Rand des Strands, weit hinter dem Rettungsschwimmerturm. Susan war noch nicht mal eine Minute im Wasser, da wurde sie plötzlich von einer Unterströmung erfasst. Ich kann nicht besonders gut schwimmen, also hab ich dich auf den Arm genommen und bin losgerannt, um Hilfe zu holen.«

Mom sieht genauso geschockt aus wie ich. »Susan ist also gar nicht ertrunken, als sie Derek zu retten versuchte?«

Lauren schüttelt den Kopf. »Er ist

erst ins Wasser gegangen, als der Krankenwagen schon da war. Wir waren alle so mit Susan beschäftigt, dass keiner mitgekriegt hat, wie er reinging.« Sie zerzaust mir die Haare. »Du hattest echt Glück – dein Hund hat nach deiner Windel geschnappt und dich wieder an Land gezogen.«

zerzausen

Ich kann mich nicht erinnern, dass meine Familie je etwas im Chor gesagt hätte, aber jetzt tun wir's: »Bodi?!«

Als sich plötzlich alle Leute in der Verkaufsscheune nach uns umdrehen, fängt Lauren an zu lachen, dann beugt sie sich zu Bodi runter und knuddelt ihn noch mal. »Er muss noch ziemlich jung gewesen sein, aber ein mutiger Kerl war er schon damals.«

Meine Mutter sieht aus, als würde sie gleich umkippen. »Die Frau vom Babysitterservice hat uns damals erzählt, Susan hätte versucht, Derek zu retten. Und Susans Mutter hat das auch gesagt.«

»Zuschauen zu müssen, wie die beste Freundin stirbt, gehört zu den schlimmsten Sachen im Leben«, sagt Lauren. »Aber hinterher auch noch über die Umstände lügen zu müssen macht alles nur noch schlimmer.«

Mom bittet sie, das näher zu erklären.

»Als ich Susan im Wasser nicht mehr sehen konnte, hab ich angefangen zu schreien, mir Derek geschnappt und bin losgerannt. Zwei Typen sind ins Wasser gesprungen, während ich zum Parkplatz gelaufen bin, um Susans Mutter anzurufen – damals hatten wir noch keine Handys. Mrs James war superschnell da. Sie war komplett hysterisch. Als Krankenwagen und Polizei kamen und fragten, was passiert sei, hat sie die Sache in die Hand genom-

men und allen gesagt, Susan habe versucht, das Kleinkind zu retten, auf das sie aufpassen sollte.«

Krankenwagen

Lauren holt einmal tief Luft und fängt dann an zu weinen. »Ich weiß bis heute nicht, ob sie mich nur falsch verstanden hat oder einfach davon ausgegangen ist, dass Susan sich heldenhaft verhalten hat, aber sie war so außer sich vor Angst, dass ich sie in ihrem Glauben lassen wollte. Ich hätte der Polizei gern die Wahrheit gesagt, aber ich war noch so jung und Mrs James so schrecklich durcheinander ... Als die Polizei mich dann später befragte, kam es mir leichter vor, einfach Mrs James' Geschichte zu wiederholen.«

Eine Welle der Erleichterung schwappt über meine Mutter hinweg. Sie hat sich nicht schuldig gemacht, indem sie eine Babysitterin engagierte, ihr Sohn hat keine Schuld an Susans Tod – es gibt nichts, wofür sich einer von uns entschuldigen müsste. Ich finde es zwar immer noch schlimm, dass Susan gestorben ist, aber jetzt fühle ich mich nicht mehr ganz so verantwortlich.

»Im Laufe der Zeit wollte ich den Leuten immer wieder die Wahrheit sagen«, erzählt Lauren weiter. »Aber irgendwie konnte ich einfach nicht. Es ist so traurig, dass Susans Mutter sich an eine Wunschvorstellung von Susans Verhalten klammert, die so nie stimmte. Hier auf der Insel denkt jeder, Susan sei als Heldin gestorben.«

Mom setzt sich auf den Hocker und schweigt. Als sie schließlich meinem Vater etwas zuflüstert, ist es gerade so laut, dass ich es auch hören kann.

»All die Jahre! Madeline hat mich immer in dem Glauben belassen, ihre

Tochter wäre bei dem Versuch ums Leben gekommen, Derek zu retten! Ich bin furchtbar empört!«

empört

Ich schiebe mich ganz nah an meine Mutter heran. »Es war nicht meine Schuld – sei froh, das sind doch immerhin gute Neuigkeiten!«

Dad stimmt mir zu und sagt, wir könnten ja später über alles reden. Und obwohl sie immer noch total neben sich steht, bedankt sich Mom bei Lauren und kauft ihr ein bisschen Schmuck ab, fast so, als wollte sie sie dafür bezahlen, dass sie endlich die Wahrheit erfahren hat.

Dann umarmt Mom Lauren weinend zum Abschied. Als wir gerade gehen wollen, hält Lauren mich noch mal zurück.

»Hier, für dich.« Sie drückt mir das Lederhalsband mit Muscheln und Federn in die Hand, das ich mir am

Anfang angeguckt hatte. »Trag es, wenn du Skateboard fährst.«

»Vielleicht überbringt es mir ja göttliche Botschaften.«

Lauren lächelt. »Manchmal sollte man vielleicht nicht mehr erwarten als eine gute Fahrt.« Sie legt mir die Kette um den Hals und hält mich dann auf Armlänge von sich weg, um mich zu betrachten. Ich nehme ihre Worte und die Kette als schützende Allwetter-Ausrüstung für stürmische Zeiten mit.

Zum Abschied drücke ich Lauren auch, obwohl ich das nicht müsste, und dann laufe ich meinen Eltern nach. Sie stehen schon am Auto und Mom weint immer noch.

betrogen

»Wir besuchen Madeline James einen Tag früher als geplant«, sagt sie. »Ich fühle mich so betrogen! Diesmal bin ich diejenige, die Antworten haben möchte.«

Mein Vater funkelt mich an, als wollte er sagen: *Das hast du ja mal wieder fein hingekriegt!*

Mrs James

durch den Kopf gehen lassen

Als Dad meine Mutter bittet, sich das Ganze noch mal durch den Kopf gehen zu lassen, besteht ihre Antwort in einer Wut- und Schmerz-Explosion. Ich würde alles geben, wenn ich die Zeit bis zu dem Tag zurückdrehen könnte, an dem ich den Zeitungsartikel gefunden habe. Was hab ich mir damals bloß dabei gedacht?

Das Haus von Mrs James ist komplett rosenumrankt, und aus irgendeinem Grund denke ich daran, was Carly jetzt wohl im Lern-Camp so macht. Und genau wie damals bei dem Besuch bei

Carly frage ich Mom, ob ich nicht im Auto warten könnte.

»Du hast das alles hier losgetreten«, sagt Mom. »Und deshalb gehst du gefälligst auch den ganzen Weg bis zum Ende mit.«

Wir treffen Mrs James im Garten an. Sie trägt grüne Stiefel, hellbraune Shorts und ein grellrosa T-Shirt. Ihre Haare sind zwar noch sehr blond, aber sie sieht trotzdem viel älter aus als meine Eltern. »Oh, ich hatte Sie erst morgen erwartet! Aber kommen Sie doch rein.«

Sie wirkt erfreut, uns endlich wiederzusehen, und umarmt Mom zur Begrüßung. Meine Mutter hat den gleichen Gesichtsausdruck wie wenn mein Onkel Bob mit einer neuen Freundin bei uns aufkreuzt.

Mrs James beugt sich zu mir herunter und gibt mir die Hand. »Und du musst Derek sein. Ich hol dir mal ein Glas Limonade.«

Wir folgen ihr in die Küche und sie holt einen vollen Krug aus dem Kühlschrank. Halbe Zitronenscheiben schwimmen wie fröhliche Smileys an der Oberfläche, und ich frage mich, ob sie sich in traurige Smileys verwandeln, wenn Mom Mrs James erzählt, was sie von ihr hält. Okay, Mrs James hat die ganzen Jahre gelogen, was den Tod ihrer Tochter angeht, aber ich hoffe trotzdem, dass Mom sich ihr gegenüber nicht so wütend gibt, wie sie vorhin im Auto war. Dad sieht aus, als hätte er genau die gleichen Sorgen.

An einer Wand prangt eine riesige Collage aus ungerahmten Fotos von Susan und ich muss an die Bilder in Moms Praxis denken. Ich zupfe Mom am Ärmel, um ihr die Collage zu zeigen, aber sie kann jetzt anscheinend nur noch an die Ungerechtigkeit denken, die ihr zehn Jahre lang widerfahren ist.

Ungerechtigkeit

»Nächste Woche würde Susan achtundzwanzig werden.« Mrs James fährt mit einem grellrosa lackierten Fingernagel über ein Foto, auf dem ihre Tochter eine Katze im Arm hat.

»Also, der Tag, an dem …«, setzt meine Mutter an.

Mrs James dreht sich zu ihr um, und auf einmal hört die Erde auf, sich um ihre Achse zu drehen – oder zumindest kommt es mir so vor. Mrs James' Augen sind so voller Traurigkeit, dass sie den Worten, die aus dem Mund meiner Mutter strömen wollten, einen Riegel vorschieben. Egal ob Mrs James ihre Tochter nun fälschlich als Heldin aufgebaut hat oder nicht – diese Frau hat damals ihr Kind verloren, und so wie sie aussieht, muss es für sie noch

Erdachse

genauso schmerzhaft sein, als wäre es erst gestern passiert.

So hin und her gerissen hab ich Mom noch nie erlebt. Sie starrt auf ihre Füße, schüttelt den Kopf, dann schaut sie schließlich wieder hoch.

»Susan war bestimmt ein wundervolles Mädchen«, sagt sie. »Erzählen Sie uns doch ein bisschen von ihr.«

Tanzaufführung

Mrs James' Gesicht hellt sich schlagartig auf, und sie zeigt uns Fotos von Susan bei einer Tanzaufführung, Susan bei ihren Großeltern in Deutschland, Susan mit einem Kind, dem sie nach der Schule Nachhilfe gibt. Keiner von uns unterbricht sie, wir alle nicken eifrig, während Mrs James von einem Bild zum nächsten wechselt. Meine Mutter legt mir flüchtig eine Hand auf den Arm, dann wendet sie ihre Aufmerksamkeit wieder Mrs James zu. Ich hab in meinem Leben schon viele Filme

Opfer

gesehen, aber ich glaube, noch in keinem hat jemand ein größeres Opfer gebracht als Mom heute. Als wir uns ein paar Stunden später verabschieden, umarmen sich meine Mutter und Mrs James sehr sehr lange.

Mom starrt aus dem Fenster, als wir die Auffahrt hinunterrollen. »Können wir die Geschichte um Susan James jetzt als beendet betrachten?«, fragt sie.

offiziell

»Ja, ich erkläre sie hiermit offiziell für beendet«, sage ich. »Aber es gibt da noch etwas, das wir dringend klären müssen.«

Als Mom sich zu mir umdreht, lächelt sie. »Und das wäre?«

»Wann gibt's was zu essen?«

Mom versucht nach mir zu greifen, aber ich weiche quer über den Sitz zu Bodi aus.

»Sieht so aus, als hätte deine Mutter damals den richtigen Hund aus dem Tierheim geholt, was?«, sagt Dad.

Ich nicke, aber ehrlich gesagt hat Laurens Geschichte nicht dazu geführt, dass ich Bodi jetzt mehr liebe als vorher. Nicht weil ich es nicht zu schätzen wüsste, dass er mir das Leben gerettet hat, sondern weil ich diesen Hund sowieso nicht mehr lieben könnte, als ich ihn eh schon liebe. Ich bin sein Calvin und er ist mein Hobbes – war immer so und wird immer so bleiben.

Bodi streckt sich auf meinem Schoß aus und hält mir den Bauch zum Kraulen hin. »Du hast in meine Windel gebissen, du verrückter Hund. Ich hoffe, die war nicht voller Babykacke.« Er schaut mich an, als wollte er sagen: *Selbst wenn, ich hätte dich trotzdem rausgezogen, du Dumpfbacke.*

Eine Sache noch

Am nächsten Tag beschäftigt mich etwas, aber ich kann nicht genau sagen, was es ist. Erst als meine Eltern auf der Veranda Kaffee trinken und die Zeitung lesen, fällt es mir wie Schuppen von den Augen.

»Also, ich weiß, ich hab die Geschichte mit Susan James offiziell für beendet erklärt, aber eines müssen wir auf jeden Fall noch tun, bevor wir von der Insel fahren.«

Mein Vater lässt den Kopf nach vorne kippen, als hätte ihn ein Basketball von hinten getroffen. Mom liest einfach weiter, als hätte ich gar nichts gesagt.

»Wir müssen nach South Beach. Dahin, wo alles passiert ist.«

»Zu viele Erinnerungen«, sagt Dad. »Und zu viele Touristen.«

»Und wenn wir ganz früh morgens hingehen?«, schlage ich vor. »Nur für ein paar Minuten. Bitte!«

Mom lässt die Zeitung sinken. »Nimmt das eigentlich nie ein Ende?«

»Doch. Heute. Versprochen.«

Margots Visualisierungs-Technik, mein Daumenkino und Michaels Animation meiner Wortschatzzeichnungen haben meine Art, Geschichten zu sehen, irgendwie verändert. Jetzt kommt es mir so vor, als würde eine Szene aus Susan James' Leben fehlen, wenn wir nicht nach South Beach fahren.

Mom schweigt minutenlang. »Ehrlich gesagt«, raunt sie schließlich, »vielleicht ist das gar keine so schlechte Idee. Lasst uns sofort losfahren, bevor es zu heiß wird.«

»Und zu viele Touristen da sind«, wiederholt mein Vater.

Ich frage, ob Bodi mitkommen kann, aber Mom erklärt mir, dass Hunde im Sommer am Strand verboten sind. Mein Glück, dass Susan James diese Regel seinerzeit missachtet hat.

missachten

Wir packen Mineralwasser, Sonnenmilch und etwas zu essen ein und machen uns auf den Weg auf die andere Seite der Insel.

Dad parkt den Wagen am Straßenrand und wir gehen zur rechten Strandseite runter, da wo sich Lauren und Susan laut Laurens Erzählung damals aufgehalten haben. Gar nicht so einfach, sich durch den weichen Sand zu kämpfen, also stapfen wir lieber zum Wasser, wo es sich auf dem festen nassen Sand besser laufen lässt.

Als wir am Rettungsschwimmerturm vorbei sind, gehen wir noch ein paar Minuten weiter. Die Wellen sind hier höher als an allen anderen Stränden, die wir auf dieser Reise aufgesucht haben. Einmal erschrecke ich mich sogar, als ein Brecher direkt neben mir ans Ufer kracht.

Dad nimmt Moms Hand. Nach einer Weile bleiben sie stehen und wenden sich dem Ozean zu. Der Ort ist wunderschön, aber es fällt mir schwer, nicht daran zu denken, was sich vor zehn Jahren hier abgespielt hat. Ich hole tief Luft und schicke Susan James in Gedanken einen Abschiedsgruß. Mom greift nach meiner Hand. Das Meer ist unendlich.

unendlich

»Nächster Halt: Portugal«, sagt mein Vater.

Ich werfe ein paar Steine ins Wasser und denke an Mrs James und wie schwer es ihr fallen muss, ihren banalen Alltag zu bewältigen, ihren Garten zu bewässern, den Müll rauszubringen – und das alles nur, weil ihre Tochter vor vielen Jahren eine falsche Entscheidung getroffen hat. Ich bin ganz sicher nicht scharf drauf, die Zeit bis zu jenem Tag zurückzudrehen, auf dass anders entschieden würde. Aber zum Glück reißt mich Moms Paulchen-Panter-Handy-Klingelton aus meinen Gedanken.

Sie dreht sich vom Wasser weg, um besser hören zu können, und ich sehe ihr sofort an, dass irgendwas nicht stimmt. Ist Bodi etwa was passiert? Oder Grandma oder Matt oder Michael oder Pedro?

Ich tanze wie ein Derwisch um sie herum, als Mom sagt: »Das tut mir so leid.«

stören

unheilver-kündend

Sie streckt eine Hand nach mir aus, weil ich so laut störe, dass sie kaum was hören kann. Ich wende mich dem Wasser zu, das mir jetzt wieder unheilverkündend erscheint.

»Was ist denn passiert?«, frage ich, nachdem Mom endlich aufgelegt hat.

»Das war Carlys Mutter. Sie haben Ginger heute Morgen tot im Käfig gefunden. Carly geht's gar nicht gut.«

Ich bin erleichtert, dass nur der Schuligel tot ist und nicht jemand, an dem ich hänge. Dann wird mir klar, wie schlecht sich Carly sicher fühlt, auch wenn sie Ginger nur über den Sommer in Pflege hatte. Als eine große Welle ans Ufer schwappt, klatscht sie mir um die Beine, und ich spüre die Strömung, genau die Unterströmung, die Susan James aus dem Leben gerissen hat. Ich bitte Mom um ihr Handy und wähle die Nummer des zuletzt eingegangenen Anrufs.

Als Mrs Rodriquez drangeht, bitte ich sie, mich mit Carly sprechen zu lassen. Als die schließlich ans Telefon kommt, kann ich deutlich hören, dass sie geweint hat.

»Du kannst nichts dafür«, sage ich. »Du hast nichts falsch gemacht.«

Ich setze mich in den Sand und höre zu, eingeklemmt zwischen der Brandung und Carlys Schluchzern.

Besser geht's nicht

Wenn wir als Familie in Urlaub fahren, haben wir meistens einen vollen Terminplan: Bergwandern, Freunde besuchen, ins Museum gehen. Aber diesmal unternehmen wir an den verbleibenden Tagen gar nichts, und das fühlt sich hundertmal besser an. Als ich das zu meinen Eltern sage, geben sie mir recht.

Für Mom steht die Gleichung fest:

SUSAN JAMES' TOD SELBSTVERSCHULDET + ICH AM LEBEN = WENIGER SEELISCHE BELASTUNG FÜR ALLE BETEILIGTEN

Sie hat nichts dagegen, dass ich Fish & Chips aus der Papiertüte esse, und wischt mir nicht mal die Soße vom Kinn. Und als ich frage, ob ich nächste Nacht in Unterhosen über den Golfplatz rennen darf, lacht sie nur. Es ist, als hätte der Zeitungsartikel damals in einer Ecke von Moms Gehirn Wurzeln geschlagen und als hätten die jetzigen Entdeckungen das kleine Unkrautpflänzchen endlich aufgelöst und wieder Platz gemacht für schönere Sachen.

aufgelöst

Am letzten Tag möchte Mom nach Lambert Cove fahren, um sich den Sonnenuntergang anzuschauen. Lambert Cove ist eigentlich ein Strand nur für die Anwohner, aber nach achtzehn Uhr darf da jeder hin. Wir stellen das Auto ab und lassen unsere Schuhe neben denen der anderen Leute zurück, dann gehen wir über

Anwohner

den sandigen Holzsteg zum Strand hinunter. Dad versucht unterwegs alle möglichen Pflanzen zu bestimmen, und ab und zu notiert er sich etwas in seinem Büchlein. Ich weiß, dass Bodi zu gern ohne Leine herumrennen würde, aber ich weiß auch, dass Mom gerade total entspannt ist, und ich will ihr (ausnahmsweise mal) nicht den Spaß verderben, indem ich ihre Regeln missachte.

Ich beuge mich zu einem Spinnennetz hinunter, das zwischen zwei Büschen aufgespannt ist. Wassertröpfchen glitzern darin. Ich muss Mom recht geben – dieser Ort ist wirklich magisch. Als wir schließlich zum Wasser kommen, verstehe ich endgültig, warum sie früher so gern hier war. Das ist einer der schönsten Strände, die ich je gesehen habe, ganz anders als die bei uns zu Hause.

»Lass Bodi ruhig von der Leine«, sagt Mom. »Er will bestimmt gern frei herumtollen.«

Das lasse ich mir nicht zweimal sagen. Bodi ist zwar langsamer als früher, kann aber immer noch halbwegs mit mir mithalten. Als ich mich zwischendurch nach meinen Eltern umdrehe, spazieren sie Arm in Arm am Strand entlang.

Ein paar jüngere Kinder spielen Frisbee bei den Dünen, während ihr Großvater auf einem kleinen Grill Frikadellen brät. Der Geruch lockt Bodi an und er schnüffelt an der Kühlbox des Mannes herum.

anlocken

»Möchtest du auch was?«, fragt mich der Mann. »Es ist mehr als genug da.«

Obwohl ich schon Fish & Chips, zwei Schokokekse, einen Erdbeer-Smoothie und eine Tüte Salzbrezeln im Magen habe, sage ich Ja. Der Mann meint, ich soll mir Ketchup, Senf und Majo aus der Kühlbox holen.

»Ups!« Der Mann tut so, als wäre ihm eine Frikadelle versehentlich in den Sand gefallen, und gibt sie Bodi. Ich überlege, ob ich einen meiner Sketch-Klassiker aufführen soll, wo ich mir Ketchup auf die Hand spritze und meinen Eltern erzähle, ich hätte mich an einem Angelhaken aufgeschlitzt, aber die sehen gerade so glücklich aus, dass ich es lieber bleiben lasse.

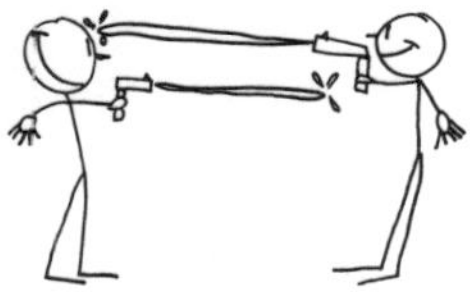
spritzen

Mag sein, dass ich als Kleinkind auch schon einen Ostküsten-Sonnenuntergang erlebt habe, aber ich kann mich eindeutig nicht an diese Orange- und Pink-Explosionen erinnern, die jetzt den Himmel erfüllen. Minutenlang stehe ich nur still da und genieße. Dann vergeht der Augenblick – wie alle perfekten Augenblicke – und die unperfekten schwappen wie Wellen heran. Ein Moskito pikst mir in den Fußknöchel und der Stich schwillt nussdick an. Das letzte Stück Frikadelle fällt mir in den Sand und eine Frau schreit mich an, ich solle Bodi wieder an die Leine nehmen. Aber trotzdem, irgendwie ist insgesamt alles okay, nur Idioten erwarten, dass Perfektion ewig anhält.

Wir setzen uns zu viert in den Sand, starren den Himmel an und bleiben da sitzen, noch lange nachdem die Sonne weg ist. Ich sammle Bodis Hinterlassenschaft mit einer Plastiktüte auf, kann auf dem Parkplatz aber überraschenderweise keinen Mülleimer entdecken. Mom sagt, hier gelte »Alles mitnehmen, was man mitgebracht hat«. Ich finde ein Eckchen im Kofferraum, wo die Tüte hoffentlich nicht zerquetscht wird.

Wir waren so lange am Strand, dass wir uns jetzt beeilen müssen, um die Fähre noch zu kriegen. Mom sitzt am Steuer, da sie sich auf der Insel besser auskennt als Dad. Als wir schließlich auf die Fähre rollen, schreit ein Arbeiter Mom etwas zu, und zwar mit einem Bostoner Akzent, den ich nur aus dem Fernsehen kenne.

Akzent

»Hey, Lady! Passen Sie doch auf! Hier lang!«

Ich finde es großartig, wenn sich Moms Zorn ausnahmsweise mal nicht gegen mich richtet. »Hat der mich gerade ›Lady‹ genannt?«, fragt Mom. »Oder hab ich mich verhört?«

Mein Vater sagt, da sei doch nichts dabei, aber ich kann sehen, wie der Wutpegel in Moms Augen steigt. Der Typ gestikuliert ihr wild zu, vorzufahren, bis unser Auto fast den Wagen vor uns anstippt.

»Hallo?«, sagt Mom. »Sie sollten mal auf Ihren Ton achten.«

»Lady, ich muss hier in ein paar Minuten Dutzende Autos reinkriegen. Ist nix gegen Ihnen persönlich.«

»Gegen Sie«, verbessert ihn Mom.

Der Typ tut mir fast schon leid, aber nur fast.

Wir beschließen uns während der Überfahrt aufs obere Deck zu setzen und uns Vorräte aus dem Auto mitzunehmen.

»Hast du nicht was vergessen?«, fragt Dad.

Ich hole die Tüte mit Bodis Häufchen aus dem Kofferraum. Als der Fährarbeiter wegschaut, lasse ich es in dem kleinen Arbeitsraum, in dem er sich während der Fahrt aufhalten wird, auf den Boden fallen. Meine Eltern sehen das, aber statt zu schimpfen, lachen sie nur. Auf dem Weg nach oben meine ich schon zu riechen, wie der Duft aus der Tüte ausströmt.

Schon wieder so ein fast perfekter Augenblick.

Wieder zu Hause

Ankunft

Keine zehn Minuten nach unserer Ankunft kommt Matt mit seinem Skateboard rüber. Jetzt, wo ich Lauren Hutchins' Geschichte über den Verlust ihrer besten Freundin kenne, bin ich noch froher als eh schon, Matt gesund und munter reinkommen zu sehen.

Während wir mit den Skateboards den Bürgersteig runterrollen, erzähle ich Matt alles über Lauren, Mrs James und South Beach. Als ich ihm sage, dass Bodi mich gerettet hat und nicht Susan, schlägt er vor, zum Bürgermeister zu gehen und einen offiziellen Bodi-Feiertag zu beantragen, an dem wir dann schulfrei haben. Er erzählt mir auch, dass Jamie einen ganzen Wochenlohn an eine Reinigungsfirma abdrücken musste, weil er so ein Chaos im Haus veranstaltet hat, während sie weg waren. Wir kaufen uns zwei Erdbeer-Shakes, setzen uns an den Strand und schauen zu, wie ein paar High-School-Jungs um die Felsen herumsurfen. Echt Wahnsinn, wie unterschiedlich zwei Ozeane sein können.

Auf dem Heimweg schlage ich vor, dass wir eine Pause einlegen und Superhelden spielen, indem wir jemandem Beistand leisten. Das findet Matt in Ordnung – bis er rausfindet, welcher Name an der Tür steht, vor der wir stehen geblieben sind: RODRIQUEZ.

Beistand

»Ist das etwa Carlys Haus?«, raunt er mir zu. »Mann, was willst du denn ausgerechnet hier?«

»Ich möchte Carly helfen, ein paar Blumen auf Gingers Grab zu pflanzen.«

»Die doofe Streberin hat den Igel umgebracht?« Matt verzieht den Mund zu einem irren Grinsen – bis er meinen Gesichtsausdruck sieht.

»So übel ist sie auch wieder nicht«, sage ich.

Als Carly aufmacht, wirkt sie überrascht, aber auch erfreut, uns zu sehen.

»Coole Halskette«, sagt sie.

»Dein Armband ist auch nicht schlecht.« Ich zeige auf das schwarze Filzband um ihr Handgelenk.

»Wie hast du's bloß geschafft, Ginger um die Ecke zu bringen?«, fragt Matt.

Ich stoße ihm einen Ellbogen in die Rippen, damit er die Klappe hält.

Carly holt drei Schaufeln aus dem

Bestand ihrer Mutter und wir buddeln Löcher an der Hauswand entlang, nahe der Stelle, wo sie Ginger begraben hat. Dort pflanzen wir dicke Büschel Gänseblümchen ein und gießen sie an. Carly scheint einiges über Gartenarbeit von ihrer Mutter gelernt zu haben.

Als wir fertig sind, sprechen wir ein paar Worte über Ginger.

Freude

»Ginger war ein guter Igel«, fängt Carly an. »Sie hat allen an unserer Schule viel Freude bereitet. Das Naturkundelabor wird ohne sie nicht mehr dasselbe sein.«

Matt scheint es inzwischen verkraftet zu haben, dass wir bei Carly sind, und fügt ein paar eigene Gedanken hinzu. »Letztes Jahr hat mich Ginger mal gestochen, aber das war nicht schlimm. Ich hoffe, sie wird jetzt nicht durch irgendein anderes Tier ersetzt, zum Beispiel so eine bekloppte Wüstenrennmaus wie die aus meinem Kindergarten früher, die sogar zu blöd war, um ihr Laufrad zu benutzen.«

»Ich hoffe, Ginger ist jetzt in einer großen himmlischen Igel-Familie gelandet, wo es haufenweise Trauben und Grillen zu futtern gibt«, sage ich. Und füge in Gedanken hinzu, wo auch immer Ginger jetzt sein mag, vielleicht trifft sie sich ja mit Susan James und sie freunden sich an oder so.

Mrs Rodriquez bringt uns Apfelsaft und Schokokekse raus und lobt uns, wir hätten das mit den Blumen super hingekriegt.

»Hey, Matt«, sagt Carly. »Hast du Lust auf Diamantenklauen?«

Matt schaut sie verwirrt an, aber Carly wirkt zum ersten Mal an diesem Tag fast wieder fröhlich. Wir bleiben bis zum Abendessen da, versuchen die Bewegungssensoren in Carlys Keller auszutricksen und überlegen uns dann ein neues Schnüresystem, das wir nächste Woche gemeinsam aufspannen wollen - an den letzten Tagen in Freiheit.

Bye bye, Lern-Camp

Die Abschlusswoche im Lern-Camp erinnerte mich an die letzte Schulwoche vor den Ferien – weder Lehrer noch Schüler strengen sich mehr an als nötig. Margot lässt uns die Bücher von unserer Lektüreliste lesen und hilft uns sogar beim Korrigieren der Fehler in den Aufsätzen. Ich verbringe die meiste Zeit unter einem Baum, die Nase in dem Buch von Ms Williams vergraben. Ich komme nur langsam voran, aber ich lasse mir Zeit. Wenn Bodi bei mir wäre, fände ich das Ganze vielleicht sogar ziemlich perfekt.

korrigieren

Margot kennt das Buch, das ich lese, und so kann ich am Ende jedes Kapitels die Augen zumachen und sie stellt mir Fragen zu dem, was ich sehe. Es dauert nicht lange und wir sitzen zu mehreren unter dem Baum und visualisieren die Handlung. Ich frage mich, ob wir uns alle die gleichen Sachen vorstellen oder völlig unterschiedliche. Aber irgendwann finde ich wieder zu meinem normalen Ich zurück und klinke mich in die Wasserbomben-schlacht ein, die gerade auf dem Basketballfeld im Gange ist.

Am letzten Tag tippt sich Margot beim Abschied an die Schläfe. »Du hast eine tolle Fantasie, die kann dir im Leben viel helfen. Mach was draus.«

Ich winke ihr zu und laufe zu Mom, die im Auto auf mich wartet.

Michael und Pedro hab ich seit unserer Rückkehr von Martha's Vineyard nicht mehr gesehen, die haben nämlich in San Diego Urlaub gemacht. Heute sind sie endlich zurückgekommen, deswegen fahren wir jetzt ans andere Ende der Stadt, um sie zu besuchen.

Michael macht uns die Tür auf und Pedro sitzt auf seinem Schoß. Michael erzählt mir von seinem Basketballturnier in San Diego. Sie hatten sich überlegt, dass Pedro bei den vielen Leuten überfordert sein würde, deswegen haben sie ihn nicht mitgenommen, als Michael gespielt hat.

überfordert

Ich baue ein Daumenkino aus meinem Skizzenbuch und zeige Michael die Geschichte meines Sommers. Und dann frage ich ihn, ob er mir vielleicht noch mehr beibringen könnte, wie man meine Zeichnungen animieren kann und so.

Wir verbringen den ganzen Nachmittag damit, meinen Zeichnungen auf seinem Computer Leben einzuhauchen. Als wir fertig sind, brennt Michael das Ganze auf DVD, damit ich es Dad zeigen kann.

Aber der Höhepunkt des Tages kommt erst noch, als wir uns einen ganz besonderen Film anschauen. Die Einrichtung, in der Pedro als Begleittier ausgebildet wurde, hat damals ein Video von Pedros Ausbildung gedreht. Michael zeigt mir, wie Pedro immer wieder versucht, das Licht anzuknipsen. Er macht vieles ganz oft verkehrt, aber wenn er es endlich richtig macht, bimmelt der Trainer mit einem Glöckchen, und das ist für Pedro das Zeichen, dass er die Aufgabe endlich gemeistert hat. Erstaunlicherweise wirkt Pedro gar nicht frustriert, sondern versucht es einfach immer wieder.

frustriert

Im nächsten Trainingsschritt zeigt eine Frau im weißen Kittel mit einem Laserpointer auf den Play-Knopf des DVD-Gerätes. Pedro scheitert ungefähr eine Million Mal an der Aufgabe, aber als er es endlich richtig macht, kriegt er dafür einen Haufen Lob und Streicheleinheiten. Ich gebe es nur ungern zu, aber Pedro ist ein weit eifrigerer Schüler als ich.

»Diese Aufgaben gehören nicht zu den natürlichen Bewegungsabläufen von Affen«, erklärt Michael. »Echt erstaunlich, wie problemlos sie lernen umzudenken.«

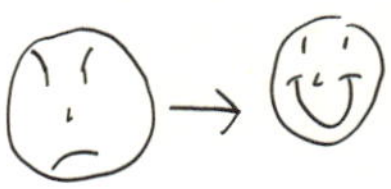
umdenken

Ich denke an das erste Video, in dem Pedro so oft am Lichtschalter gescheitert ist, und dann schaue ich zu ihm hin, wie er losrennt, um die Fernbedienung aufzuheben, die Michael aus der Hand gefallen ist. Ich kann den Pedro in dem Video nur bewundern. *Gib nicht auf, feuere ich ihn an. Ob du's glaubst oder nicht, du wirst diese ganzen Aufgaben eines Tages locker draufhaben.*

Ich erinnere mich daran, wie Ms Williams letztes Schuljahr über Evolution gesprochen hat. Vielleicht geht es im Leben immer darum, um Evolution. Dass wir uns alle die ganze Zeit weiterentwickeln.

Evolution

Der letzte Tag in Freiheit

Die nächste Woche und der halbe Sommer vergehen wie im Flug – ich helfe Mom beim Gassigehen mit den Hunden aus dem »Pet Spa«, übe mit Matt neue Stunts ein, probiere mit Dad verschiedene Animations-Techniken durch und baue Carlys neues Einbrecher-System mit. Als ich einmal Joe Brennan auf dem Spielplatz treffe, erzählt er mir seine neueste Geschichte über eine Ente, die explosive Eier legt. Die Idee ist gar nicht so schlecht, deswegen helfe ich ihm ein paar Minuten beim Ausarbeiten. Außerdem vermisse ich Grandmas

Schokokuchen mit Kokosglasur fast genauso sehr wie sie selbst, und das ist ziemlich stark.

Amy ist in Richtung College abgezogen, also darf ich am Donnerstagabend mit meinen Eltern ausgehen. Wir essen in einem japanischen Restaurant und machen abwechselnd neue Erfindungen. Ich erzähle ihnen, dass ich gern eine Maschine erfinden würde, die die Zeit verlangsamt, sodass der Sommer niemals endet.

»Dann willst du bestimmt auch eine haben, die die Zeit beschleunigt«, sagt Dad. »Damit du das Schuljahr auf Schnelldurchlauf schalten kannst.«

»Aber dann würde ich ja auch die guten Sachen verpassen – zum Beispiel wenn Bodi schnarcht oder wenn ich einen Affen bekomme.« Mom schüttelt den Kopf, aber ich hab das Gefühl, so langsam koche ich sie weich.

Als der Koch Wasser ins Feuer gießt, schießen die Flammen einen Meter hoch. Alle Leute im Lokal machen Ooh und Aaah, nur ich werf mich hin und brülle: »Feuer! Auf den Boden! Auf den Boden!«

Alle lachen, bis auf meine Eltern. Mom zeigt mit ihren Essstäbchen auf meinen Sitz und Dad kriecht auf seinem Stuhl in sich zusammen, aber ich meine immerhin den Anflug eines Lächelns bei ihm gesehen zu haben.

Feuerschutz-übung

»Ihr Sohn hat sich die Feuerschutzübungen wohl sehr zu Herzen genommen«, sagt ein Gast zu Mom.

»Ja, der Junge ist unser ganzer Stolz.« Mom schenkt dem Mann ein strahlendes Lächeln, während sie unter dem Tisch mein Bein wie mit einer Schraubzwinge packt.

Auf einmal wird mir klar, dass mir nur noch ein paar Tage bis zum Schulbeginn bleiben und ich das Buch von Ms Williams immer noch nicht durchhabe. Was mich aber nicht davon abhält, meine Eltern zuzuquatschen, ob wir auf dem Heimweg nicht noch ins Kino können.

Oder wann ich endlich einen Affen kriege.

Ab in die Tretmühle

Seit einiger Zeit versucht Mom erst gar nicht mehr, mir neue Schulklamotten zu kaufen. Als der Tag der Folter anbricht, ziehe ich als Zeichen des Protestes mein ältestes, abgewracktestes T-Shirt an. Die Halskette von Lauren hab ich nicht ein einziges Mal abgenommen, seit sie sie mir geschenkt hat. Ob die Götter mir als Botschaft Antworten auf Stegreifaufgaben schicken werden?

»Bis nachher, Bodi, Kumpel.« Ich vergrabe das Gesicht in seinem Fell in der Hoffnung, dass sein vertrauter Geruch mich durch den Tag trägt. Ich werde jede Minute zählen, bis ich nach der Schule wieder da bin und sehe, wie er an der Tür auf mich wartet.

Viele Mitschüler sehen im Vergleich zum Ferienbeginn total verändert aus: Robert Orlando trägt jetzt eine Brille, Peter Chapman eine Zahnspange, und Maria Ramsey ist mindestens fünf Zentimeter gewachsen. Ms Williams winkt mir von ihrem Pult fröhlich zu. Na ja, gibt wohl Schlimmeres, als eine Lehrerin zu haben, die Softball spielt, Hunde mag und gern Rock'n'Roll hört.

Nach der Morgenversammlung – wann wird der Unsinn endlich abgeschafft? – fordert Ms Williams uns auf, unsere Buchaufsätze laut vorzulesen. Als sie meinen Namen aufruft, muss ich nach vorne.

»Hast du drei Bücher von der Liste gelesen, Derek?«

»Ähm ... nur eins.« Und ich verrate ihr nicht, dass ein Großteil davon nicht mal selber gelesen, sondern von Grandma vorgelesen war. »Ich finde, ich bin als Figur wesentlich interessanter als die meisten Figuren in den Büchern von der Liste.«

»Das dürfte schwer zu entscheiden sein, nachdem du ja nur eins davon gelesen hast.«

entscheiden

»Guter Einwand.«

»Kannst du uns dann bitte etwas über das eine Buch sagen, das du gelesen hast?«

»Ich kann sogar noch mehr.« Ich hole Dads Laptop aus meiner Schultasche und fahre die Animation hoch, die wir letzte Woche gebaut haben. Die Strichmännchen spielen die Handlung des Buches nach, die Geschichte von dem Jungen und seinem Hund.

Als wir durch sind, will Ms Williams

das Ganze noch mal sehen. Sie stellt mir Fragen zu den Figuren, zu den Schauplätzen, zur Handlung, und ich kann jede einzelne beantworten.

»Also«, sagt sie schließlich. »Du hast zwar keinen Aufsatz darüber geschrieben, aber du hast das gelesene Buch eindeutig bis ins Detail aufgenommen, verarbeitet und verdaut. Und dann noch deine Animation ... Ich würde sagen: Auftrag erfüllt.«

verdauen

Noch vor ein paar Monaten wäre Carly stinksauer gewesen, dass ich keinen Ärger kriege, jetzt lächelt sie nur und hält den Daumen hoch. Ich sehe Matt an, dass er sich wünscht, er hätte auch irgendeine Extraarbeit gemacht.

»Außerdem hab ich in diesem Sommer einiges gelernt«, erzähle ich. »Dass wir alle ab und zu mal Blödsinn machen und uns mit schwierigen Aufgaben rumquälen. Und selbst wenn Lesen echt anstrengend ist – jeder braucht Geschichten. Ich hatte keine Lust, die Bücher von der Ferienliste zu lesen, aber ich war trotzdem die ganze Zeit von Geschichten umgeben – über einen heldenhaften Hund, einen tapferen Affen, der einem noch tapfereren Jungen hilft, über ein ertrunkenes Mädchen und die Freundin, die sie zurückgelassen hat.«

Ms Williams lehnt sich zurück. »Das sind wirklich ganz schön viele Geschichten für einen Sommer.«

»Das meine ich ja. Geschichten gibt es einfach überall. Ich hab sogar eine Frau kennengelernt, die sich zum Tod ihrer Tochter eine ganz eigene Geschichte zusammengebaut hat. Die Geschichte stimmt zwar nicht, aber sie ist wichtig für sie, damit sie mit ihrem Schmerz klarkommt.«

Ich weiß genau, dass ich für den Geschmack mancher schon genug gelabert hab, aber ich fahre trotzdem fort.

»Mir ist klar geworden, dass wir gar nicht anders können als ständig dazuzulernen. Auch wenn Filzstifte ›wasserfest‹ heißen – irgendwann geht die Farbe doch wieder ab. Avocados geben supermatschige Kanonenkugeln ab, und es gibt Affen, die Windeln tragen.«

»Danke, Derek. Maria, du bist dran.«

»Und wenn man auf einer Fähre gegen den Wind spuckt, kriegt man alles ins Gesicht. Und muskelbepackte Typen mit Bostoner Akzent lassen sich nicht gern mit einem Hundehaufen schikanieren.«

schikanieren

»Okay. Jetzt ist aber Maria dran.«

Als ich mich hinsetze, bin ich ziemlich stolz auf meinen Vortrag und meine Animation. Ich fühle mich wie ein Rockstar – bis Maria *ihr* Laptop auspackt und eine Diashow präsentiert. Sie hat alle drei Bücher, die sie gelesen hat, mit Musik untermalt, und zwar mit selbst komponierter und auf dem Cello eigenhändig vorgespielter Musik. Und sie trägt dabei ein Kleid, das sie im Sommer-Nähkurs persönlich genäht hat.

Cello

Wie sagt meine Mutter immer: Hört das Elend denn eigentlich nie auf?

Nein, ich glaube nicht.

Janet Tashjian hat bereits zahlreiche Bücher für Kinder und Jugendliche veröffentlicht. Mit »Mein Leben als Superagent« hat sie einen neuen und witzigen Ansatz gefunden – und zudem ihren Sohn Jake als Illustrator gewonnen. Die Autorin lebt mit ihrer Familie in Los Angeles, Kalifornien.
www.janettashjian.com

Jake Tashjian, 15, hat sich Fremdwörter schon immer mithilfe kleiner Strichmännchen erklärt. Seit er klein ist, hat er damit Karteikarten bekritzelt und der Stapel ist inzwischen ungefähr auf Haushöhe angewachsen. Das Buch mit seiner Mutter ist seine erste Veröffentlichung. Wenn er nicht gerade an seinen Cartoons sitzt, geht er surfen, liest Comics oder guckt sich Filme an.

Galaktisch-komisch!

Ros Asquith
BRIEFE VOM
MIESESTEN ORT DES
UNIVERSUMS
Aus dem Englischen
von Ann Lecker-Chewiwi
192 Seiten
mit zahlreichen
Abbildungen
ISBN 978-3-414-82288-8

Fluppipi ist in einer wichtigen Mission unterwegs: Als Schuljunge verkleidet, reist der Außerirdische auf den blauen Planeten, um mehr über dessen Bewohner zu erfahren. Nie hätte er gedacht, dass es in diesem Universum tatsächlich lebensfähige Wesen mit nur einem Kopf und zwei Glupschern gibt. Ohne Antennen, Lichter, Wirbler oder Winker!
Um kein Aufsehen zu erregen, verhält sich Fluppipi erst mal so unauffällig wie möglich. Doch das ist gar nicht so einfach. Erst recht nicht, wenn man keine Ahnung hat, wozu irdische Dinge wie Socken gut sind …

Boje

Ein kosmischer Lesespaß für Erdlinge
Ostthüringer Zeitung

Ros Asquith
BRIEFE ÜBER DIE
DÄMLICHSTEN BEWOHNER
DES UNIVERSUMS
Aus dem Englischen
von Ann Lecker-Chewiwi
192 Seiten
mit zahlreichen
Abbildungen
ISBN 978-3-414-82321-2

Kümmerliches Sonnensystem, 43. Galaxie von rechts, am falschen Ende des Universums: Fluppipi, der Außerirdische mit den vier Köpfen, steckt noch immer auf der Erde fest. Seine Eltern und er haben den dringenden Auftrag, dort ihre Mission zu Ende zu bringen. Sie sollen genügend Erdlinge sammeln, um sie auf ihrem Heimatplaneten erforschen zu können.
Als Schuljunge getarnt muss Fluppipi einmal mehr beweisen, dass vier Köpfe im wahrsten Sinne des Wortes besser sind als einer. Denn die Erde wird bedroht: von flauschigen, pinkfarbenen Wesen, die es faustdick hinter ihren plüschigen Ohren haben ...

Boje